러시아인, 조선을 거닐다

러시아인, 조선을 거닐다

I. A. 곤차로프 外 2인 著

심지은 編譯

 한국학술정보[주]

역자서문

이 책에 실린 세 편의 한국여행기에는 모두 19세기 한국을 방문했던 러시아인들의 눈에 비친 조선 풍경이 담겨 있다. 첫 번째 여행기는 소설가가, 두 번째 여행기는 군인-여행가가. 마지막 여행기는 상인이 기록한 것으로, 분량이 그리 길지는 않지만 세 편 모두 개성적인 문체로 나름의 개인적인 관심사를 드러내고 있어 흥미롭다. 그 결과 '은자의 나라' 조선에 불어닥친 새로운 시대적 변화의 조류에 자의로든 타의로든 몸을 실어야만 했던 이름 없는 조선인들의 삶이 자연스럽게 그들의 기록 속에 자취를 남기게 되었다. 주로 정치·사회사에 초점을 맞추고 있는 공식 역사와는 달리 그 이면에 감추어진 사적이며 일상적인 역사의 단면을 들여다볼 수 있다는 점에서 이 오래된 기록들의 가치를 찾을 수 있을 것이다. 더불어, 역자는 19세기 서양의 오리엔탈리즘에서 자유롭지 못했던 이들 러시아인의 여행기가 갖는 한계와 사소한 오류에도 불구하고, 한국이 러시아와 처음으로 조우했던 17세기 이후 피상적인 이해와 잔존하는 공로증(恐露症, Russophobia)으로 인해 우리에게 여전히 멀고도 무섭게 느껴지는 러시아인들의 인간적인 면모가 여행기 독자들에게 감지될 수 있기를 바란다.

세 편의 여행기는 쓰인 연대순으로 배열하였다. 그 첫 번째는 19세기 러시아 사실주의 문학에서 도스토예프스키, 톨스토이, 투르게네프와 더불어 가장 뛰어난 작가로 인정받고 있는 I. A. 곤차로프(1812~1891)

의 두 권짜리 세계항해기 『전함 '팔라다'호』 제2권 6장에서 조선여행 부분만을 발췌·번역한 것이다.

1884년 7월 한국이 러시아와 조·러수호통상조약을 맺기 30년 전 이미 러시아인들은 바닷길을 통해 조선 땅에 발을 들여놓았다. 러시아제국의 전함 '팔라다'호는 당시 유럽과의 왕래를 완고하게 거부하던 일본제국과 외교-무역협정을 체결하고자 하는 목적을 감춘 채, 1852년 가을 페테르부르크를 떠나 시베리아에 이르는 기나긴 세계항해를 시작한다. 팔라다호는 런던, 마데이라 제도, 남아프리카 공화국, 홍콩, 싱가포르, 보닌 제도를 거쳐 나가사키에 정박한 뒤 유구 섬(지금의 오키나와), 필리핀을 경유하여 1854년 4월 2일 여행의 마지막 방문지인 한국의 거문도 해안에 도착한다. 그러나 전함은 다시 나가사키로 출항해야 했다. 약 2주 후 거문도로 되돌아온 전함은 거문도와 강화도, 영흥만에 한 달가량 정박하면서 동해의 해안선을 측량하고 수심을 재는 등의 탐사작업을 수행한다. 그 후 전함은 시베리아로 향하고 이로써 2년 반이라는 긴 여정의 세계여행은 끝을 맺게 된다. 이 항해의 총책임자였던 E. B. 푸티아틴 장군의 비서관 자격으로 전함에 승선했던 곤차로프는 자신의 여행 경험과 여행 중 쓴 편지들을 토대로 하여 여행기 『전함 '팔라다'호』를 창작하였다. 작가는 전체 여행기의 극히 일부분만을 조선에 할애하고 있으나 이 기록은 러시아인이 쓴 최초의 한국방문기라는 점에서 매우 중요한 사료적 가치를 지닌다. 여행기를 읽으며 독자는 서구식의 근대화를 겪기 직전의 한국 -엄밀히 말하자면 동해안 일대의 몇몇 섬- 의 모습을 타자의 시선으로 바라보는 흥미로운 경험을 하게 될 것이다.

한편, 이 여행기록은 1974년 〈신동아〉 8월호에 〈미공개자료: 논픽숀 1854년의 조선〉이라는 제목으로 박태근에 의해 최초로 번역·게재

된 바 있다. 역자는 최근 러시아에서 출간된 개정판『I. A. 곤차로프 전집』(페테르부르크: 나우카, 2000)의 해당 텍스트를 충실히 번역하되 박태근의 주석과 전집의 주석을 참조하여 보다 더 풍부한 정보를 제공하고자 하였다.

두 번째 여행기는 N. M. 프르제발스키의『우수리 지방 여행. 1867~1869』(모스크바: OGIZ, 1947) 4장 4부〈조선인〉편을 발췌·번역한 것이다. 프르제발스키는 러시아뿐 아니라 유럽에도 이름이 널리 알려진 유명한 여행가이며 지리학자이자 인류학과 동식물학에 해박한 지식을 겸비한 군인으로, 1869년 러시아인으로서는 처음으로 조선의 국경도시 경흥을 방문한 바 있다. 뿐만 아니라 연해주 지역 최초의 한인 정착지인 '지신허(地新墟)'를 방문한 뒤 남긴 꼼꼼한 기록은 재소한인사(在蘇韓人史)에 관한 생생하고 귀중한 정보가 된다.

프르제발스키의 간략한 전기는 다음과 같다. 1839년 3월 31일 스몰렌스크 주(州)에서 태어난 그는 어린 시절부터 자연에 관심이 많았으며 여행에 대한 꿈을 지니고 있었다. 1861년 참모본부 산하 아카데미에 입학. 2학년에 진급하면서 작성한 보고서「흑룡강 지역의 군사-통계적 고찰」이 인정을 받아 지리학회 회원으로 발탁된다. 아카데미를 졸업한 후 군인으로 복무하며 그는 네 번에 걸친 중앙아시아 탐사여행을 떠났는데. 그중 첫 번째가〈조선인〉기록을 남기게 되는 우수리 지방으로의 여행이다. 프르제발스키는 1867년 5월 26일 이르쿠츠크를 출발하여 하바로브스크에서 배로 우수리 지역을 항해·탐사한 뒤 수이푼 강을 따라 이동하며 이 지역 최남단에 위치한 포시에트 항(港)에서 약 한 달간 체류하였다. 이때 그는 경흥과 한인 정착지를 방문할 기회를 가질 수 있었다. 1869년 여행에서 돌아와 이듬해인 1870년 페테르부르크에서 자비로 출판한『우수리 지방 여행.

1867~1869』으로 그 이름이 러시아 전역에 알려지게 된다. 쉼 없는 정력적인 탐사여행과 학술 업적으로 러시아 지리학회, 파리 지리학회, 베를린 지리학회, 런던 지리학회, 이탈리아 지리학회에서 수여한 각종 메달을 받았으며, 독일, 헝가리, 스웨덴 등지의 여러 학술기관의 명예회원으로 위촉되었다. 1886년에는 최초의 중앙아시아 자연연구자의 자격으로 러시아 한림원이 수여한 금메달을 받았으며, 1887년에는 북부 티베트 여행 시 그가 발견한 산맥에 러시아 지리학회가 프르제발스키라는 명칭을 공식적으로 부여하였다. 그는 네 번째 중앙아시아 탐사여행 중이던 1888년 카라콜(현 키르키스스탄 공화국 소재)에서 생을 마쳤다.

마지막 여행기는 러시아의 상인 P. M. 델로트케비치가 약 3개월간 한국을 여행하며 기록한 것으로, 1889년 러시아참모본부 군사학술위원회에서 발간한 「아시아에 관한 지리, 지형 및 통계 자료집」 제38호 (상트페테르부르크)에 실린 그의 일기를 발췌·번역한 것이다. 아쉽게도, 델로트케비치의 전기에 대해서는 알려진 바가 없다. 그는 1885년 12월 6일 기선을 타고 블라디보스토크를 떠나 부산과 제물포를 여행한 뒤 한 달가량 서울에 머문 후 1886년 1월 14일 도보로 러시아 국경을 향해 출발하였다. 원산-함흥-경성-경흥을 잇는 여행경로를 밟아 2월 29일 포시에트 항에 도착함으로써 여행을 마치게 된다. 그는 상인다운 직업적 호기심으로 당시 조선의 상거래 현황에 지대한 관심을 보이며 거래되고 있는 상품의 품목과 그 가격을 상세히 자신의 일기에 기록해 두었는데, 오늘날 이는 개항기 조선 북부 지방의 물가와 상거래 실태를 가늠해 볼 수 있는 귀중한 정보가 된다. 뿐만 아니라 꼼꼼히 기록해 둔 여정을 따라가다 보면 당시의 도로사정과 도시와 촌락의 정경, 그리고 산과 계곡, 강이 어우러진 19세기 말

조선 북부의 겨울 풍광이 눈앞에 펼쳐지는 듯하다.

끝으로, 여행기 번역을 선뜻 권해주시고 느릿한 번역작업을 너그러이 기다려주신 연세대학교 김진영 선생님께 진심으로 감사드린다. 선생님의 관심어린 조언과 격려로 미흡하나마 번역을 마칠 수 있었다. 아울러, 이들 여행기에 등장하는 인명, 관직명, 지명, 산과 강에 상응하는 정확한 우리 명칭을 전부 찾아 확인할 수 없었던 점은 역자의 능력부족 탓임을 덧붙인다.

심지은

〔이 책의 원본은 다음과 같다.〕

곤차로프의 여행기

I.A. Goncharov, *Polnoe Sochinenii I Pisem v 20 tomakh,* T. 2. SPb.; Nauka, 2000

프르제발스키의 여행기

N. M. Przheval'sky *Puteshestvie v Ussuriyskom Krae:* 1867~1869 gg. M.; OGIZ: GIGL, 1947.

델로트케비치의 여행기

Dnevnik P. M. Delotkevicha na Puti Peshkom iz Seula v Pos'et cherez Severnuju Koruju: 1885~86 g., *Sbornik Geograficheskikh, Topograficheskikh I Statischeskikh Materialov po Azii,* Vypu나. XXXVIII. SPb.; Voennaja tipografija, v zdanii Glavnogo Shtaba, 1889.

목 차

1. 곤차로프의 여행기

『전함 '팔라다'호』

2권 6장에서

1. 곤차로프의 여행기──────

『전함 '팔라다'호[1]』 2권 6장에서

3월 29일 계속 항해 중이나 조선의 조그만 섬인 해밀튼[2]까지는 아직도 약 300마일이나 남았다. 접근이 용이한 항구가 있는 이 섬이 우리가 스쿠너[3]와 랑데부할 장소로 지정된 곳이다. 우리는 순풍이 불면 200해리 정도로 전진하기도 하고, 바람이 자면 3노트씩 나아가기도 한다. 현재 3일째 연이어 비가 내리고 있어 '거리'(우리는 상갑판을 그렇게 불렀다)로 나갈 수가 없다. 그 대신 고요하다. 나는 일을

---

* 본문의 주석은 모두 역주이다. 이 중 한국의 고문헌 자료가 언급되는 주석은 모두 박태근(〈신동아〉, 1974. 8월호. 294-298면)에 의거한 것임을 밝혀둔다.

1) 오늘날에는 순양함(巡洋艦) 또는 소형 구축함(驅逐艦)을 가리키지만 곤차로프가 살았던 19세기 중엽까지는 돛대 3개에 상중갑판에 포대를 비치한 목조 전함을 의미했다. 러시아 함대가 보유한 군함 중에서 가장 아름다웠던 '팔라다'(Pallada: 희랍신화에서 전쟁과 승리의 여신이자 지혜와 기예의 여신인 아테네의 또 다른 이름)호는 1831년 11월 2일 페

할 수 있게 되어 좋다. 우리가 북쪽으로 항해하자 날씨는 눈에 띄게 쌀쌀해졌고, 비도 남방 지역에서 보던 비가 아니며 또 여름비도 아니다. 일행은 모두 나사지(螺絲紙)로 된 옷을 꺼내고 있다.

어제는 한 선원이 갑판 위에서 열대 곤충들 중에서도 가장 독성이 강한 지네(centipes)를 잡았다. 불그스름하며 길이는 6~7센티미터 정도로, 마디를 가진 이 지네는 발이 100개가 아니라 겨우 24개에 불과했다. 처음에 나는 이게 가재의 목인 줄 알았다. 지네에 물리면

테르부르크에서 기공하여 그 이듬해인 1832년 7월 1일에 완성, 진수하였다. 길이 52.7m, 폭 13.3m, 흘수(吃水: 선체가 물에 잠기는 깊이) 4.3m, 포대(砲臺)는 52문이었다. 1856년 크림전쟁에 대비하여 자폭함으로써 그 수명을 다했다.
1852~1854년에 걸쳐 푸티아틴 제독의 총지휘하에 '팔라다'호는 대서양과 인도양, 태평양을 횡단하며 항해하였다. 이 세계일주 항해의 목적은 러시아령 북아메리카 식민지와 러시아 이민자들을 둘러보는 데 있었으나 이는 표면적인 구실에 불과했다. '팔라다'호의 숨겨진 실제 임무는 당시 유럽과의 왕래를 완고하게 거부하던 일본과의 외교-무역 협정 체결에 있었다. 푸티아틴(E. B. Putjatin, 1803-1883): 러시아 해군으로 여러 차례 전쟁에서 큰 공훈을 세웠을 뿐만 아니라 외교 분야에서도 비중 있는 자리를 차지했던 인물이다. 러시아 해군 최초로 증기선을 도입하여 러시아 해군함대의 재조직화를 이끈 주역이며, 또한 극동지역 군사전문가로서도 유명했다. 이런 이유로, 일본과의 외교-무역 협정 체결이라는 '팔라다'호의 실질적인 임무를 수행하는 데 있어 가장 적합한 인물이었다. 전함 '팔라다'호의 총지휘관으로 탑승할 당시에는 부제독이었으나 이 탐사를 마친 뒤인 1858년 해군제독으로 승진되었고, 1881년 일본으로부터 훈 일등욱일대수장(勳一等旭日大綬章)을 수여받았다.
2) 2개 이상의 마스트가 있고 세로돛을 장치한 서양식 범선. 여기서 말하는 스쿠너(schooner)는 '보스톡(Vostok)'호로, 4척의 푸티아틴 함대 중 유일한 증기선이며 그가 1852년 10월 극동 방문길에 오를 때 영국에서 구입한 함선이었다. '보스톡'호는 미국의 분함대가 정박하고 있는 곳에 대한 정보를 수집하기 위해 유구섬(琉球 : 지금의 오키나와)에 들렀다가 거문도에 입항하였다.
3) 러시아어로 지네는 'stonoshka'로, '100개의 다리를 가진 것'이란 뜻을

바로 죽지 않는다 해도 치명적이다. 사람들은 지네를 무서워하며, 큰 짐승들도 지네를 피해 간다. 그런데 지네가 가장 두려워하는 것은 병아리이다. 병아리는 지네를 발견하면 달려가서 부리로 쪼아 다리만 남긴 채 전부 다 먹어치우기 때문이다.

그나저나 우리 배에는 온갖 것들이 조금씩 다 있었고, 바퀴벌레가 유난히 아주 많이 들끓었다. 아마도 우리는 그것들을 마닐라나 카미긴[4])에서 데려온 것 같다. 그리고 지금은 안개와 빗속을 뚫고 제비 떼가 우리에게 날아들었다. 제비 떼는 더운 곳에서 북쪽의 온화한 장소로 가고 있는 중이다. 악천후와 밤이 새들을 먼 바다로 몰아온 것으로, 떼를 지어 오랫동안 전함 주위를 돌다가 매 시각 점점 더 가까워지더니 마침내 힘이 다 빠져버리자 갑판 위, 보트 위 그리고 삭구(素具) 위에 앉았다. 우리는 제비 떼를 잡아다 바퀴벌레를 실컷 먹이고 나서 그 다음 날 다 놓아주었다. 분명한 사실은 제비 떼가 즐겁게 전함 주위를 맴돌다가 서서히 모습을 감추었다는 것이다. 여기저기 참새들도 나타났는데 보트 위에 곡식을 뿌려놓았더니 실컷 먹고는 날아가 버렸다.

그러나 찬기운과 선선한 바람이 불어오자 지네도 바퀴벌레도 다 사라져버렸다. 3개의 돛을 줄였고, 오늘 3월 31일에는 네 번째 돛까지 줄였다. 앞 돛대의 큰 돛[5])에 죔줄(brail)을 걸고 트라이슬[6])을 올렸다. 북동쪽에서 찬바람이 계속 불어오고 있다. 열대기후에서 떠나온 지 닷새가 지나니 영하가 되었나 싶었는데 그건 아니었고, 영상 10도이다. 추위가 누그러지고 있으니 다행이다!

가진다.

4) 카미긴(Camiguin): 필리핀의 민다나오 섬 북단에 위치한 작은 화산섬.
5) 앞 돛대 돛줄의 세로돛(foresail).
6) 횡범선(橫帆船)의 보조 세로돛(trysail).

우리는 나가사키(長崎)에서 60마일 떨어진 위치에 있으며 바람은 나가사키 쪽으로 부는 순풍이다. 그러나 우리는 지금 나가사키에 들를 생각이 없다. 먼저 해밀튼으로 가야만 한다.

4월 4일 4월 2일 마침내 우리는 해밀튼에 도착했다. 스쿠너는 이미 그곳에 와 있었고 상하이로 보낸 수송선7)은 아직 도착하지 않았다.8) 배가 닻을 내리기 시작했을 때 나는 배 뒤쪽 갑판으로 나가서 뭍을 바라보았다. 우리 선원들이 말하기를, 항구는 매우 편리한데 육지가 거의 없다고 한다. 이 조그마한 섬은 전부 다 해봐야 길이가 3마일 정도로, 절벽과 암석이 많고 군데군데 여윈 관목들과 드문 수종의 나무들로 이루어져 있다. "이게 전부 동백나무라오. 선원들은 해안가에 만들어 놓은 사우나에서 동백나무를 지펴 땀을 뺀다네"라고 스쿠너의 함장 코르사코프9)가 말했다. 우리들 중 몇 명은 바로 상륙했

---

7) '멘쉬코프(Menshkov) 공(公)'호를 말한다. 배수량 290톤의 삼장선 (三檣船)으로, 미국에서 건조된 것을 러시아 측이 구입하였다.

8) 푸티아틴 제독은 거문도를 해산된 함대의 재집결지로 지정하고 마닐라 수역에서 북상, 4월 2일 '팔라다'호를 타고 거문도에 입항하였다. 제독의 상황보고서에 따르면 '보스톡'호는 이미 와 있었고, 수송선 '멘쉬코프 공'호는 4월 5일에 도착하였다. 그러나 곤차로프는 '멘쉬코프공'호의 도착을 4월 2일로 기록하고 있다. 미국 학자 젠센(Jensen)은 제독의 보고서를 따르고 있으며, 한편 러시아 학자 무라베이스키(Muraveisky)는 이와 달리 '보스톡'호는 3월 28일에, '멘쉬코프공'호는 4월 2일에 도착한 것으로 추정하고 있다. 한편 우리 측 기록인 『전라감영계록(全羅 監營啓錄)』(철종 5년 음력 3월 17일, 양력 4월 2일자)에는 러시아 군함의 입항상황이 자세하게 기록되어 있는데, 이에 따르면 러시아 선박 3척의 거문도 입항일자는 '보스톡'호가 4월 2일 진시(7~9시경), '팔라다'호와 수송선은 같은 날 미시(오후 1시~3시경)에 도착한 것으로 되어 있다. 우리 측 기록이 정확하다면 푸티아틴 제독의 보고서에 남아 있는 일자보다 곤차로프의 여행기록 일자가 더 정확하다고 볼 수 있다.

9) 림스키-코르사코프(B. A. Rimsky-Korsakov, 1822-1871): 유서 깊은 러시아 귀족 가다. 곤차로프가 존경했던 함대의 사람들 중 하나로

다. 나는 별 매력을 느끼지 못해 섬을 멀리서 바라보았으며, 그래서 상륙을 서두르지도 않았다. 졸고 있는 듯한 조그만 만(灣)의 수면 위로 군데군데 조선인들의 오두막 여러 채가 다닥다닥 붙어 있는 게 보였다. 초가지붕만이 보일 뿐이며, 어디선가 가끔씩 마치 수의(壽衣)와 같이 온통 흰 옷을 입은 주민들이 왔다 갔다 하고 있었다. 마침내 우리는 극동지방에 속해 있는 마지막 민족을 볼 수 있게 되었다.

정치적 관점에서 볼 때 조선은 독립국이라 할 수 있는데, 왜냐하면 이 나라는 자국의 군주가 다스리고 있으며, 자신의 법전과 언어를 가지고 있기 때문이다. 하지만 조선의 군주들은 왕위에 오를 때 중국 황제의 승인을 받고 난 뒤에야 국왕의 자격을 얻게 된다. 중국 황제의 왕위 승인과 같은 사실 만으로도 조선이 중국에 종속되어 있음을 알 수 있다. 게다가 매년 조선에서 무려 2백여 명에 달하는 인원이 중국 황제에게 새해인사를 드리러 중국을 다녀오고 있다는 사실은 또 어떠한가. 이는 독립해 살고 있는 아들이 아버지에게 의존하는 것과 유사하다.

유감스럽게도 지금까지는 조선 내의 상황과 행정제도, 그 나라의 재정 상태와 생산물, 국민의 기질과 관습 등에 대해 알려진 바가 거의 없다.10) 다만 아바쿰 신부11)가 중국 황제에 의한 조선 군주의 왕

해박한 지식을 지녔음에도 소박하고 인간적인 면을 가진 사람이었다. 그의 항해기록은 "군인 안드레예비치 립스키-코르사코프의 일기 중에서(Iz dnevnika voina Rimskovo-Korsakova)"라는 제목으로 「해양선집(*Morskoj svornik*)」, 1895, No.10-12; 1896, No.1, 2, 5, 6, 9에 게재되었다. 그의 저서로는 1980년에 출판된 『발틱해-흑룡강: 스쿠너 '보스톡'호 함장의 항해와 모험, 사색에 관한 서신에 담긴 이야기』(*Baltika-Amur: Povectvovanie v pis'makh o plavanijakh, prikljuchenijakhirazmyshlenijakh komandira shukhny Vostok*)가 있다.
10) 조선의 행정, 군사, 사회 일반의 이모저모를 광범위하게 소개한 책으로

권승인 관습이 현재까지도 신성하게 지켜지고 있다는 사실을 일러주
었을 뿐이다. 조선 사절들은 베이징에 선물을 들고 가서 새로 즉위한

는 프랑스인 선교사 달레(Ch. Dallet)가 집필한 『조선 교회의 역사』
(*Histoire de l'église de Corée*, 1874)와 조선의 국가기관에 대해서
만 간략하게 기술한 지볼트의 『일본여행, 또는 물리적, 지리적, 역사적 관
계에서 본 일본제국에 관한 지볼트의 기록』(*Puteshestvie po Japonii,
ili Opisanie Japonskoj imperii v fizicheskom, geograficheskom i
istoricheskom otnoshenii F. Zibol'da, dopolnennoe svedenijami
i izvestijami iz Kemfera, Fishera, Djofa, Char'bua, grafa
Gogendorna, Kruzenshterna, Tunberga, Titsinga, vareniusa i
dr.*, 1854)이 있다(상트-페테르부르크에서 출판된 번역본 중 제3권,
p.91-96 참조).
지볼트(P. F. Van Siebold, 1776-1866): 독일인 의사이며 일본연구
가. 1823년 나가사키 데지마(出島)의 네덜란드 상선 의사로, 일본 연구
차 내항하여 에도(江戸) 정부의 후원 아래 일본연구에 몰두하였다. 1829
년에는 금제품 소지죄로 추방되어 귀국한 뒤 1831년 폴란드로 이주하여
그곳에서 일본 관계 저술을 출간하였다. 그는 19세기 최대의 일본연구자
로, 1832년-1851년(또는 1858-1859년까지 저술했다는 견해도 있다)에
걸쳐 완성한 주저 『일본』(*Nippon, Archiv zur Beschreibung von
Japan*)이 있다. 이 책의 일본어 번역은 1978-1979년에 이루어졌으며,
이밖에도 저서로 『에도참부기행(江戸參府紀行)』, 『일본동물지』, 『일본식
물지』가 있다. 1859년 다시 일본으로 건너가 일본의 과학발전에 기여하
였다.
11) 아바쿰 신부(Avvakum, D. C. Chestnoj, 1804-1866): 선교사이며
동양학자이고 외교관이며 통역관이었다. 알렉산드르 네프스키 수도원장
을 지낸 바 있으며, 러시아정교회 제2차 북경전도단 단원으로 1830년부
터 1840년까지 북경에 주재하며 중국어와 만주어, 몽고어, 티벳어, 조선
어를 공부했다. 중국 관련 연구서를 다수 펴내는 등 다양한 업적을 남겨
동시대의 가장 뛰어난 석학의 반열에 올랐다. '팔라다'호 항해 시 푸티아
틴 제독을 수행하며 전함의 사제로 근무했을 뿐만 아니라 유창한 중국어
실력 덕에 통역관인 고스케비치와 함께 극동 여러 나라와의 교섭에 힘썼
다. '팔라다'호의 조선연안 항해 시에도 통역관으로서 많은 조선인들과 접
촉했다. 일본과의 협상 시 곤차로프가 작성한 문서를 아바쿰 신부가 번역
하기도 하였다.

군주를 왕으로 승인해 줄 것을 요청한다. 중국 황제는 승인을 내리는 것이 관례이며, 선물을 받고는 그 답례로 사절들에게 그들이 가지고 온 선물보다 훨씬 더 푸짐하게 선물을 제공한다. 그렇지만 황제는 조선의 일에 간섭하지는 않는다. 언젠가 조선정부가 조선의 해안에 닿은 어떤 유럽의 선박−아마도 영국 선박으로 기억되는데−에 중국정부를 본떠서 해안에서 떠날 것을 명한 적이 있었다. 그리고 이 사실을 중국정부에 보고하였던 것이다. 그러자 황제는 조선인들에게 "그들의 일에 일체 간섭하지 않을 것이니, 그들이 원하는 대로 처리하도록 하라"는 명령을 전해왔다.[12]

중국인과 조선인은 지나치게 가까운 인접국의 상황을 피하기 위해, 그리고 또 두 나라 국민 사이에서 발생할 수 있는 불쾌한 대립이나 불화를 피하기 위해 양국 국경 사이에 무인지대[13]를 남겨두기로 협정을 맺었다는 점 또한 잘 알려져 있다.

우리들의 보트가 전함에서 뭍으로 다가가자, 공포에 질린 여자와 아이들이 마을에서 산으로 도망치는 것이 보였다. 우리가 뭍으로 나가려 할 때 한 무리의 남자들이 와서 우리 편의 팔과 앞깃을 잡고 막

---

12) 19세기 전반에 조선에 들어온 영국 선박은 1833년 린제이(Lindsay)의 '로드 애머스트(Lord Amherst)'호와 1845년 벨쳐의 '사무랑'호 등을 들 수 있는데, 곤차로프에게 이 사실을 이야기해 준 아바쿰 신부의 북경 체류기간은 1830-1840년이므로 아마 '로드 애머스트'호를 가리키는 것으로 여겨진다. 그런데 『동문휘고(同文彙考)』원편속(原編續) 표민사(漂民四)(도광(道光) 12년 9월 1일자)를 보면 이 '로드 애머스트'호의 기항을 청국에 보고한 자문(咨文)−영국 선박의 통상요구를 거절함−이 발견되며, 이에 대한 청나라 정부의 회답이 『동문휘고』원편속 석뢰(錫賚)(도광 12년 10월 7일자)에 실려 있다. 그 회답에는 우리 측 정부의 처리를 치하한 것으로 아바쿰 신부가 곤차로프에게 일러준 것과 같은 구절은 찾을 수 없다.
13) 간도를 말한다.

으며, 일행이 마을에 들어오지 못하게 하려고 애썼다. 그래서 러시아인들은 해안을 살펴보고 잠시 거닐다 가려고 들른 것뿐이니 여인들은 안심해도 된다는 내용을 한문으로 적어 보여주었다. 그러자 조선인들은 더 이상 통행을 방해하지는 않았지만 우리들을 마을 밖으로 쫓아내려고 애쓰기는 마찬가지였다.

한 시간 뒤에 일행은 촌장으로 보이는 노인 2명을 데리고 돌아왔다. 그들 뒤를 따라 조각난 선미(船尾)만 없을 뿐이지 일본 배처럼 생긴 조선 배가 서너 명의 노인과 평범해 보이는, 맨발에다 헝클어진 머리를 한 지저분한 사람들을 태우고 도착했다. 평범한 사람이건 아니건 간에 모두 종이나 풀잎(grass cloth)으로 짠 폭이 넓은 가운을 입고 있었고 그 아래에는 속옷 대신인 듯한 것을 입고 있었다. 그 밖에도, 모두 가운14)과 똑같은 재질로 된, 마치 승마바지처럼 생긴 것을 입고 있었는데 신분이 높은 사람은 희고 깨끗한 것을, 신분이 낮은 사람은 색은 희더라도 더러운 것을 입고 있었다. 많지는 않았지만 더러 몇몇은 밝은 노랑이나 푸른빛의 가운을 입고 있었다.

그들의 샌들은 일본인의 것과 비슷했다. 어떤 이들은 갈대나 짚으로 짠 신을 신고 있었고, 또 다른 이들은 종이로 만든 신을 신고 있었다. 무엇보다도 눈에 띄는 것은 머리장식이다. 그들은 유구(琉球: 지금의 오키나와)인과 마찬가지로 머리를 전부 위로 빗어 올려 하나의 다발을 만들어 묶었으며, 그 위에 모자를 쓰고 있다. 이 모자의 생김새라니! 모자의 꼭대기는 너무 좁아서 겨우 머리다발을 가릴 뿐인데, 반면 모자의 테두리는 넓은 것이 꼭 우산 같다. 이 모자는 갈대 비슷한 것으로 만들어진 듯하고, 머리카락처럼 - 실제로 머리카락

---

14) 곤차로프의 눈에는 두루마기가 실내에서 입는 가운처럼 보였던 것이다.

과 매우 비슷한데다가 검은 색이었다 — 아주 세밀한 짜임으로 되어 있
다. 이런 모자가 그들에게 무슨 소용이 있는 건지 도저히 모르겠다.
모자는 투명해서 비나 햇빛, 먼지로부터 머리를 보호하지 못하거늘.
한편, 다른 모양의 모자도 많이 있다. 보리수 껍질로 만든 모자나 해
초로 만든 원추형 모자도 있다.[15]

　나는 우리를 찾아온 손님들의 얼굴을 아주 자세히 살펴보았다. 누
가 뭐라 하던 간에 이들 중국인, 일본인, 조선인, 유구인은 모두 한
가족의 자손들이다. 중국인 일가는 손윗사람뻘이며 그 수도 많아서
이들 중에서 제일 윗사람 노릇을 하고 있다. 이들이 닮았다는 점은
쉽게 알 수 있다. 말레이시아인을 처음 보았을 때 그가 이들 네 민족

---

15) 곤차로프 이후에도 조선인의 상투와 갓 등의 머리장식은 러시아 여행객
들의 눈을 끌기에 충분했다. 다음은 1875-1876년 페테르부르크에서 펴
낸 극동지역 연구서에 실린 조선에 관한 글에 등장하는 부분이다. "서양
식 모자처럼 둥글고 위가 막혀 있는 원통모양이나 그것보다 훨씬 더 좁
고 약간 뾰족하며, 그 통이 정수리 꼭대기에 붙어 있어서 묶어 올린 머리
하나 정도가 들어갈 수 있는 모자를 상상해 보시라. 이 통은 서양식 모자
처럼 챙이 달려 있으나 이 챙은 하도 넓어서 그 둘레 면적이 때로는 직경
60센티미터가 더 되는 경우도 있다. 이 모자는 대나무 가지를 가늘게 쪼
개서 만들거나 머리카락을 잡아당겨 비치도록 하여 만들기도 한다. 그래
서 이 모자는 그 자체만으로는 머리 위에 얹을 수가 없으므로 아래턱 밑
에 묶는 끈이 달려 있다. 그리고 관리들은 자신의 재산이나 직위에 맞추
어 이 끈을 호박(琥珀)이나 값비싼 보석으로 된 방울로 장식한다. 조선
인의 모자는 비나 추위, 햇빛으로부터 머리를 보호하지 못한다. 여러분이
여기서 기다리는 '그렇지만' 그들에게는 뭔가 이로운 게 있으리라는 기대
는 헛된 것이다. 그것은 단지 불편할 뿐이며 특히 바람이 불어 머리에서
모자가 벗겨질 때 더욱 더 그러하다." 『조선: 기관, 언어, 풍속, 관례, 기
독교 전파의 역사 개괄』(korea: Ocherki istorii uchurezhdenii,
jazyka, nravov, obychaev i rasprospronenija khristianstva),
「시베리아와 그 주변국들의 역사 — 통계학적 자료집」(Svornik istoriko-
staticheskikh svedenii o Sibir´ i sopredel'nykh ei stranakh.
St.-Peterburg, 1875-1876). 1권. 10부. p.157-158.

과 같은 종족이라고 생각하는 이는 없을 것이다. 조선인은 유구인들을 가장 많이 닮았으나 유구인들이 자그마한 데 비해 이들은 매우 체격이 좋다는 점에서 다르다. 이들은 수염을 기른다. 이들의 수염은 대부분 길고 뻣뻣하여 마치 말갈기 같다. 어떤 이들의 수염은 얼굴 절반을 다 덮고 있기도 하고 또 다른 이들의 수염은 그와 반대로 턱에만 나 있기도 하다. 많은 사람들이 커다란 동테 안경을 꼬아진 끈으로 머리에 매 쓰고 있다. 근시 때문은 아니고 아마도 눈병 때문에 안경을 쓰고 있는 것 같다. 모인 사람들 가운데 나는 눈병을 앓고 있는 이들이 많다는 것을 알 수 있었다.

1786년 에도(江戶) 시대에 일본인 린시페이(林子平)[16]의 『삼국통람도설(三國通覽圖說): 조선, 유구, 에조(마쯔마야)』라는 제목의 책이 나왔다. 클라프로트[17]가 이 책을 어렵게 입수하여 중국지리학[18] 등에서 얻은 여러 가지 지식을 보충·첨가하여 프랑스어로 번역했다.[19] 한편 이 책에서는 조선인에 대해 다음과 같이 말하고 있다. "조선인들은 키가 크고, 중국인, 일본인, 그리고 다른 민족들보다 체

---

16) 하야시 시헤이(林子平, 1738-1793): 근세 일본의 해양방위 사상가로 1770년대 파견된 홋카이도 탐사대의 일원으로 참가하여 유구와 조선, 에조(지금의 홋카이도)의 지도를 작성하였다. 이외에도 그의 저서로는 『해국병담(海國兵談)』(1791) 등이 있다.

17) 클라프로트(G. Klaproth, 1783-1835): 독일인이며 유명한 동양학자로 1804년부터 1812년 러시아를 떠날 때까지 페테르부르크 과학아카데미에서 동양어와 아시아 문학학부 조교수로 일했다. 시베리아를 여행하며 퉁구스인, 바슈키르인, 야쿠트인, 키르키즈인들과 교류했으며 중국과 티벳, 몽고의 책들을 수집했다.

18) 『대청일통지(大淸一統誌)』(1743)에서 많은 부분 인용하였다.

19) *Apercu géneral de trois Royaumes; Corée; de Liéou-Khiéou et Yéso; par Riusifié; traduit de l'original japonais chinois.* Paris, 1833을 말한다. 이 책에는 불한사전과 아이누어사전도 실려 있다.

격이 훨씬 더 다부지다. 조선인은 일본인보다 두 배나 더 먹는 것이 분명하다. 조선인들은 교활하고, 게으르고, 고집이 세며, 노력하기를 좋아하지 않는다."

손님들을 식탁으로 불러 홍차와 빵, 건빵, 럼주를 대접하게 되었다. 그 후 그들과의 활기찬 한문 필담이 시작되었다. 그들은 시선이 따라갈 수 없을 정도로 재빠르게 썼다.

맨 처음에 그들은 우리들이 어디서 온 야만인인지, 북쪽에서 왔는지 아니면 남쪽에서 왔는지를 물었다. 우리는 그들에게 닭과 야채, 생선을 가져다주면 그 대가로 돈을 지불하거나 아니면 럼주, 피륙 등의 물건과 교환할 수도 있다고 썼다. 한 노인이 이 쪽지를 들고서 수탉처럼 거드름을 피우더니 멋 부리면서 우스꽝스럽게 점잔을 빼며 노래 부르듯 말을 늘여 빼면서 읽어나가기 시작했다. 이는 일부분 러시아 거지들이 부르는 나자로에 대한 노래 가락[20]을 연상시켰다. 다 읽고 나서 그 노인은 한자로 '*귀중한* 닭은 우리에게 없습니다'라는 대답을 썼다. 그렇지만 이건 거짓말이다. 우리 일행은 닭을 본 적이 있었다.

한편 나머지 사람들은 빵을 먹고 홍차를 마셨다. 어떤 사람은 버터를 손가락으로 찍어보기도 하고, 다른 사람은 빵을 한 조각 먹어보더니 우리들 중 어떤 이의 입 속에 나머지를 쑤셔 넣었다. 또 다른 사람은 럼주를 스트레이트로 연거푸 두 잔이나 마시고도 얼굴을 찌푸리지 않았다. 그들은 우리들의 옷과 시트, 장화에 손을 댔고, 아마도 무척이나 그들 맘에 들었을 법한 나사지를 손으로 쓰다듬었다. 그들은 특히나 우리의 흰 피부에 관심을 보였다. 그들이 우리 손을 잡고는 거기

---

20) 거지들이 보통 동정을 구할 때 부르는 〈가련한 나자로에 대한 노래〉를 말한다. 노래의 가사는 복음서의 거지 나자로에 대한 우화를 토대로 하고 있다(누가복음 16: 20-21 참조).

서 눈을 떼지 못하기에 그들의 손을 보니 약간 구릿빛이 날 정도였고 신분이 높은 계급의 사람들의 손처럼 청결하기까지 했다. 일반인이나 노동자들의 손은 그렇지 않았는데 이는 어디든 마찬가지 아니겠는가.

우리들은 노인에게 공짜로 식량을 얻겠다는 것이 아니라 물물교환을 하겠다는 것임을 재차 알렸다. 그는 다시 한 번 이 물건들의 명칭을 다 읽고 나서 우리를 잠시 바라보고는 '뿌찌(不知)'라고 말했다. 이건 무엇을 의미하는 것인가. 안 된다는 말일까? 원하지 않는다는 말일까? 그에게 이 말을 한자로 써달라고 부탁하였고 이로써 그 말이 '모른다'를 의미한다는 것이 밝혀졌다. 그가 아직 이해하지 못했다고 생각하여 우리는 그에게 옥양목과 럼주, 건빵을 보여주었으나 그는 '뿌찌, 뿌찌'만 되풀이하였다. 놀라울 정도로 재빨리 한자를 쓰던 민첩한 조선인—그는 주근깨투성이였다—에게 말을 걸어보았다. 그는 쪽지를 다 읽고는 옷감, 빵, 보드카라고 표기된 쪽지 안의 단어들을 모두 손가락으로 세어보더니 '뿌찌'라고 말했다.

이 쪽지를 다른 사람에게 돌렸다. 그 사람도 생각에 잠긴 듯이 '뿌찌, 뿌찌'라고 되풀이했다. 아바쿰 신부가 새로운 설명방법을 내놓았다. 노인은 오랫동안 주의 깊게 듣더니 갑자기 뭔가 알아차리기라도 한 듯이 활기차게 손을 흔들었다. 우리는 '드디어 알아차렸다'라고 하며 기뻐했다. 노인은 아바쿰 신부의 소맷자락을 붙들고 붓을 잡아들고는 다시 '뿌찌'라고 썼다. '보아하니 저들은 물건을 내주고 싶지 않은 것 같다'고 결론을 내린 뒤 우리는 더 이상 그들에게 조르지 않았다.

대체로 그들의 태도나 손님접대 방식은 똑같은 중국문명에 속해 있는 일본인이나 유구인들에 비해 거친 편이다. 그렇지만 우리는 조선에서 높은 지위에 있는 사람은 만나보지 못했다. 이 민족의 일상적인 삶의 양식에 대해 말하면서 함께 지적해야 할 점은, 다른 세 나라의 가옥과 중국 가옥의 내부장식의 차이점에 대해서이다. 중국인들은 실내에 가구와 식탁, 안락의자, 침대, 탁상, 의자 등을 들여놓고 있는 반면 다른 세 나라의 민족들은 바닥에 앉아서 식사한다. 이 때문에 이들은 식탁의 역할도 함께 하는 바닥을 더럽히지 않기 위해 방으로 들어갈 때는 신발을 벗는데 중국인들은 그렇게 하지 않는다.

조선인들이 선실에서 구세주의 성상을 보며 한 "이 사람이 누구인가"라는 질문에 우리가 가까스로 대답하자 그때 그들은 자리에서 일어나 경건하게 성상에 고개를 숙여 절을 했다.[21] 그 사이 전함에 100여 명의 조선인들이 몰려드는 바람에 더 이상 들어오지 못하도록 해야만 했다. 그들은 오랫동안 머물다가 돌아갔다.

이 정도면 충분하다고 생각한다. 그러나 한 번이라도 해안에 상륙하여 조선 땅에 발을 디뎌볼 필요는 있다. 어제 우리 일행 중 예닐곱 명 정도가 보트를 타고 어느 마을로 갔었다. 일행 중 2명은 새를 잡기 위해 엽총을 가지고 있었고, 또 다른 한 명은 쌍권총을 가지고 있었다. 해안가에 빽빽하게 몰려든 사람들은 우리들을 마을에서 몰아내려고 애쓰면서 우리들을 에워쌌다. 그러나 우리는 쉽게 그들로부터 벗어날 수 있었는데, 그들에게 우리의 목적이 마을을 지나서 들판과 언덕으로 가려는 데 있다는 것을 알려주었기 때문이다. 우리들을 어찌해 볼 도리가 없다는 것을 알아채고, 우리가 맘대로 여기저기 다니

---

21) 소비에트 시절 간행된 곤차로프의 항해기 『전함 '팔라다'호』는 소비에트의 정치적 입장이나 당시의 한소 및 중소 관계 등을 고려하여 몇 부분을 삭제하고 출판하였다고 한다. 예컨대 여기서 소개된 성상에 절을 하는 장면이나 이후에 소개될 원산항에서 벌어진 불유쾌한 사건, 그리고 중국을 호되게 비판한 대목 등이다. 자세한 것은 G. D. Paige, "A survey of Soviet Publication on Korea," *Asian Studies*. 17. No.4. Honolulu를 참조.

는 것보다는 그들이 자진해서 안내를 하는 게 더 낫겠다고 생각한 듯하다. 여전히 우리는 마을 안으로 들어가 보고 싶었지만 그들은 우리를 외곽 쪽으로 데리고 갔다. 그렇지만 우리 역시 폭이 두 걸음 정도되는 길로 들어서고 싶은 맘은 전혀 없었다.

우리들은 시멘트를 전혀 쓰지 않고 들쭉날쭉한 돌들을 쌓아 거칠게 만든 두 돌담 사이를 지나갔다. 담 너머로는 초가지붕 외에는 아무것도 보이지 않았다. 이 돌담을 쌓는 방법이란 게 유구인들과는 어쩌면 이렇게도 다른지! 유구인들이 섬세하고 인내심이 강하며 질서정연하고 기예(技藝)가 있는 반면, 여기 사람들은 게으르고 투박하고 무능력하다. 진실로 조선인들은 '노력'을 싫어하는 것임에 틀림없다. 우리가 담장 너머를 들여다보거나 문 안으로 들어가거나 했을 때 조선인들이 얼마나 소란을 떨었던지! 그들은 심지어 우리의 옷깃을 잡아뜯기도 하였고, 때로는 꽤 거칠게 우리를 밀어내기도 했다. 그런 행동에 대한 보답으로 그들의 팔을 때렸더니 그들은 곧장 온순해졌는데, 이는 마치 물고 싶은 욕구에 불타서 행인을 뒤쫓아 가지만 그렇게 하지 못하는 개와 비슷한 형상이었다.

우리가 좁은 골목을 지나 밭으로 나와서 언덕에 오르기 시작했을 때 그들은 잠잠해졌다. 대부분의 마을 사람들은 우리 뒤를 쫓아왔다. 그들은 곧 친절해져 편리한 샛길을 가르쳐 주기도 하였고 꽃을 꺾어 주기도 하였으며 좋은 경치를 보여주기도 하였다.

우리는 밀과 보리를 심은 밭을 따라 걸었다. 군데군데 매우 적긴 하지만 벼와 동백나무숲이 보였다. 그리고는 전부 다 절벽과 바위였다. 모든 것이 다 드러나 있으며, 보기에도 헐벗고 비참했다. 그렇기에 주민들이 우리에게 식량을 내줄 수 없었던 것은 당연하다. 왜냐하면 그들은 그들 자신이 굶어 죽지 않을 만큼의 식량만을 가지고 있기 때문이다. 그들은 조수에 의해 밀려온 미역을 물에 불려서 먹고, 조개도 먹는다. 오늘 우리에게 20마리가량의 물고기와 4통의 물을 가져왔는데, 한 노인은 품속에서 말린 해삼(바다의 연체동물의 일종으로 혹이 달려 있다)이 든 종이 꾸러미를 꺼냈다. 그에게 푸른색 면직물과 눈병 걸린 아들을 위한 안약을 선물했다.

주위에 나무가 무성하게 둘러싸고 있으며, 호수가 두 군데 있는 것처럼 보이는 아름다운 만이 펼쳐진 섬의 북쪽을 따라 산책하고 나서 우리는 마을로 돌아왔다. 우리의 사냥꾼들은 길에서 서너 마리의 새를 잡았다. 해안가 마을에는 돗자리가 깔려 있었다. 그 위에는 전에 우리 배에 온 적이 있는 2명의 노인이 앉아 있었는데, 그들은 우리에게 와서 앉으라고 권하였다. 마을 사람들이 보기 드문 손님을 보기 위해 대거 모여들었다.

그들은 또다시 우리를 자세히 살펴보았으며 옷과 머리카락, 손의 피부를 살짝 만져보았다. 내 장화를 벗겨서는 그것을 살펴보더니 이어서 양말과 우산, 군모를 한참 동안 바라보았다. 아바쿰 신부와 고스케비치[22]를 통해 한문 필담으로 대화가 진행되었다. 그들은 우리들 중 하나에게 "몇 살입니까?"라고 물어보았다. "서른에서 마흔 정도입니다"라고 대답했다. "실례지만 우리는 당신이 예순이나 일흔이라고 생각했습니다"라고 그들이 말했다. 이는 극단적인 동양식 칭찬이다.

---

22) 고스케비치(A. Goskevich, 1814-1871): 1838년 러시아정교회 북경전도단 학생으로서 북경에 파견되어 중국어와 천문기상학을 공부한 뒤 1848년 귀국하여 외무성 아시아국에서 중국어 통역관으로 근무하던 중, 1848년 푸티아틴 제독을 따라 '팔라다'호에 승선하여 제독의 대일 수교사절의 일원으로 일본을 방문, 일어를 배우게 되었다. 1857년에는 러시아 최초의 일노사전 편찬 작업에 참여하였으며, 노일협정 체결 후인 1858-1865년 하코다테에서 초대 러시아 영사로 근무하면서 일본 계몽에 힘썼다.

"당신은 여든 살 정도인 게 틀림없습니다. 당신은 내 아버지뻘이나 할아버지뻘이 되고도 남겠습니다"라고 말한다면 이는 아첨하는 것이다. 한편 그들은 우리가 오랫동안 머물 것인지를 물었다. "만일 당신들이 오랫동안 있을 것이라면, 우리는 나라 법에 따라 정부의 이름으로 당신들에게 식사대접을 해야만 합니다"라고 그들이 말했다. 이는 일본인들과 완전히 같은 식의 접대방법이다. 그렇지만 우리는 이삼일 후에 떠날 것이므로 식사대접을 받을 수 없다고 대답했다.

모여든 사람들 가운데서 나는 손에 염주를 든 조선인을 보았다. 아마 불교 승려일 것이다. 그는 머리에 보리수 껍질로 만든 모자를 쓰고 있었다.

4월 5일 어제는 조금 불쾌한 일이 있었다. 우리 일행 중 3명이 뭍으로 나갔다. 조선인들이 떼로 모여 그들을 둘러싸고는 해안에서 더 나아가지 못하도록 한 것이다. 그들은 일행을 위협하며 도랑에 밀어 넣으려고까지 했다. 동료들은 전함으로 돌아와서 이번에는 무장한 선원들을 데리고 다시 나갔다. 엄격한 조처를 취해야만 했다. 오늘 한 노인이 아침 일찍 와서 어제 일어난 일로 상심하고 있다고 말하면서 긴 사죄문을 썼다. 우리들이 죄인을 지목하지 못하고 있는 점을 유감스럽게 생각하며 범인이 밝혀지면 매우 엄중하게 처벌할 것이라는 점, 그리고 부디 화내지 말아달라는 부탁과 함께 조선인들이 '사해지간(四海之間)', 즉 세간 사정에 매우 어둡다는 변명이 사죄문의 내용이었다. 우리는 그 노인과 그를 수행한 사람들에게 홍차와 보드카, 건빵을 대접하고는 그들과 작별의 인사를 나누었는데, 영영은 아니더라도 한동안 그들을 만나지는 못할 것이다.

정말이지 '사해지간'에서 무슨 일이 벌어지고 있는지를 그들이 무슨 수로 알겠는가. 유럽인들은 조선을 방문한 적이 거의 없다.[23] 최근 이 나라를 찾아온 사람은 벨처[24]이며, 아마 1842년이었을 것이다.

그는 용감한 여행자이자 재기 넘치는 작가이다. 그는 자신의 여행을 생생하게 묘사하고 있다. 그는 두 번 지구를 횡단하였고 현재는 극지방을 여행 중이다. 그의 여행은 모험에서 한층 더 흥미로운 또 다른 모험으로 옮겨가는 모험의 연속이다. 그가 겪어보지 못한 일이 있을까? 그보다 더 많이 바다의 풍랑과 싸워본 사람은 없을 것이다. 홍콩에서는 폭풍우 속에서 마스트를 꺾어야만 했었고, 보르네오 섬 어딘가에서는 쓰러졌다가 타인의 도움을 받지 않고 3주일 정도 지나서 다시 일어난 적도 있다. 그야말로 진정한 '바다의 늑대'25)다. 그밖에도 그는 자신의 모험을 매력적으로 이야기할 줄 안다. 그는 자신의 전함을 타고 안 가본 곳이 없을 정도로 다 돌아다녔고, 조선에도 들러 해

---

23) '팔라다'호에 함께 승선했던 포시에트는 다음과 같이 쓰고 있다. "외국인들을 피해 수천 년을 살고 있는 아시아 국가들 중에서 오늘날에는 티베트만이 미지의 땅(terra incognita)이란 명칭에 적합할 듯한데 이 명칭을 조선에 붙여도 무방하다 〈……〉 현재 이 한반도 깊숙이 들어갔던 외국인은 단지 몇몇의 선교사들과 네덜란드 선박의 선장으로, 1653년 조선 남쪽의 섬 부근에서 조난을 당했던 하멜뿐이었다. 그는 수도 긴기(Kin-Ki)로 이송되어 13년간의 잔혹한 감옥생활을 겪은 뒤 도주했다." "1852, 1853, 1854년의 세계일주 항해 서신"(Pis'ma s krugozemnogo plavanija v 1852, 1853 i 1854 godakh), 「조국잡기」(Otechestvennye zapiski), No.4. 1855. p.123.
포시에트(K. N. Pos'et, 1819-1899): 푸티아틴 제독의 외교문제를 담당하는 오른손 역할을 했던 '팔라다'호의 부관으로, 일본과의 협정 시 네덜란드어 통역관직도 겸임하였다. 후에 그는 러시아 과학아카데미와 지리학회의 명예회원이 되었다. 그는 '팔라다'호 및 '디아나(Diana)'호에 승선하여 일본의 나가사키와 시모다(下田)를 세 차례나 다녀왔으며, 그의 주도하에 출간된 저널 「해양선집」에 곤차로프의 여행기『전함 '팔라다'호』의 일부가 처음으로 실리게 된다. 곤차로프의 표현을 빌면 그는 선량하고 재치 넘치는 활동가이며 동시에 침착한 성격을 지닌 인물이었다.
24) 벨처(Sir Edward Belcher, 1799-1877): 영국의 해군으로 아프리카, 서아메리카, 동인도 연안을 탐사했으며 1872년에는 제독으로 승진했다.
25) 노련한 뱃사람을 가리키는 러시아식 표현이다.

밀튼 섬에 대해 기록했으며, 그 옆에 있는 큰 섬인 퀠파트26)에도 머물렀다. 그에 따르면 그 섬에는 도시와 요새가 있으며 거주민도 많다고 한다. 우리들 주위의 수평선상으로 도처에 섬이 흩어져 있다. 조선은 셀 수 없이 많은 섬으로 군도(群島)를 이룬다. 조선은 아직도 항해가와 상인, 선교사, 학자들에게는 광활한 미개척지나 다름없다.

이렇게 해서 마침내 우리는 거의 전(全) 극동지역을 구성하고 있는 네 민족을 충분히 볼 수 있게 되었다. 어떤 나라와는 매일 중요한 교섭을 가졌으며, 또 다른 나라와는 표면적인 접촉만 가졌고, 그 다음 나라에서는 손님으로 머물러 있었으며, 나머지 나라는 지나가는 길에 스쳐가듯 보았다.27) 이들 네 민족은 만일 그 기원을 따지지 않는다면 모두 하나의 계통에 속할 것이다. 기원상으로는 일본인이 아이누인과 같은 계통이라고 확신하는 이들도 있지만, 여기서는 교육과 같은 후천적인 것, 문화, 그리고 기질과 관습, 부분적으로는 언어와 신앙, 의복 등에 근거를 두고 그 계통을 분류한 것이다.

이 민족들은 하나의 공통된 용모와 성격, 정신 구조를 가지고 있는데, 한마디로 그들은 서로 간에 구분되는 셀 수 없이 많은 특질들을 보유하고 있음에도 불구하고, 그들이 공유하고 있는 근본적인 특성들을 토대로 하여 공통의 정신적인 삶을 만들어냈다. 그런데 그 용모란! 그리고 그 삶이란! 카불인과 아프리카의 흑인들, 인도양에 사는 말레이시아인을 바라보는 것은 내게 커다란 즐거움이었다. 그러나 중국인 마을에서 그들의 삶이 흘러가는 모습을 바라보는 것은 나를 깊은 애수에 빠져들게 했다. 내 주변에서 우연히 알게 된 중국인들을 통해 그들의 삶을 세밀하게 관찰할 수 있었으며, 또 중국에서 살았거

---

26) 퀠파트(Quelpart)는 당시 제주도의 서양 명칭이었다.
27) 이 네 나라들은 차례대로 일본, 중국, 유구, 조선이다.

나 혹은 중국인과 친교를 맺은 이들을 통해 이야기를 듣기도 했었다. 카불인, 흑인, 말레이시아인은 파종을 기다리는 손길이 닿지 않은 들판과 같으며, 중국과 그의 친척 일본은 말라비틀어지고 통행이 불가능할 정도로 황폐해진 밭과 같다. 중국인은 이 가족에서 맏형 격이다. 그는 아우들에게 문명을 선사했다. 이 문명이란 게 대체 어떤 것인지, 그 문명이 어느 상태에서 멈추어 섰는지, 그리고 그것이 얼마나 낡아빠진 것이며, 생활과 동떨어져 있는 것인지, 그리고 그 문명이 지금까지도 일본 열도와 아시아 대륙의 남동부에 사는 수많은 사람들의 힘을 모조리 마비시키고 있는지를, 여러분은 아시는지요.

이 말라비틀어진 땅을 소생시킬 수 있는 것이 뭘까? 이 썩어버린 거대한 대중이 다시 끓어 발효되기 위해서는 어떤 종류의 새로운 힘이 필요할까? 우리의 조그마한 유럽 대륙에서 오래된 과즙이 발효되어 끓어 넘쳤을 때 이 대륙으로 얼마나 다양한 인자(因子)들이 몰려들어왔던지, 얼마나 많은 혈관들이 열려 그 안에 한결 신선하고 젊은 피를 수혈받았던지를 기억해 보십시다. 그리고 지금 보스포러스 해협에서 아라비아 만에 이르기까지 잠들어 있는 무력한 동양을 흔들어 깨우기 위해 지금 우리 주변에서 어떤 일이 한창 벌어지고 있는지를 보십시오. 이곳에 살고 있는 막대한 수의 인구에게 이는 어떤 의미일까? 여하간 일은 시작되었으나 어려움이 많아서 아직은 좋은 결과를 기대하기 어렵다. 낡아빠진 썩은 뿌리와 잡초를 뽑아 던져버리는 것에서부터 일은 시작되고 있다.

중국은 지금까지 살아왔던 방식대로는 더 이상 살아갈 수 없게 됐다. 중국은 전진하지도 않고 움직이지도 않고 자신이 쇠약해지고 있다는 압박감에 시달리며 단지 경련을 일으키며 숨을 쉬고 있을 뿐이다. 이렇게 거대한 단일체를 움직이는 데 있어서 필수불가결한 국가기관의 유기적 일체

감도, 안정감도 없으며, 또한 그것을 위한 여건도 마련되어 있지 않다. 중국의 정치적 기반은 그 국민을 분리되지 않는 하나의 단일체로 공고히 하지 못하며 종교라는 존재도 육체의 내부를 따뜻하게 덥히지 못한다.

중국인들에게는 국가기구를 성공적으로 운영해 나가는 데 있어 필수불가결한 세 가지 단초인 민족성도 애국심도 종교도 없다. 중국인은 있으나 민족은 없다. 그렇기에 러시아의 어떤 중국학자가 말했듯이 그들의 언어에는 '조국'이라는 단어조차 없는 것이다.

인도의 브라만이나 이교도인 이집트를 상기하면 전혀 새로울 것이 없는데 이 모든 것들이 이상하기만 하다. 인도와 이집트는 노쇠했고 그래서 말라버린 들판에 새로 파종을 하듯이 타인의 힘과 생명력을 빌려 와야만 했다. 인도에서 무슨 일이 있었는지, 그리고 현재 인도에서 어떤 일이 일어나고 있는지를 여러분은 잘 알고 계신다. 어떤 씨앗을 뿌렸는지, 그리고 새로운 싹을 틔게 하기 위하여 이 들판이 얼마나 어렵게 소생해 나가고 있는지. 그리고 이집트도 마찬가지이다. 중국은 이들 두 나라보다 더 노쇠하여 자력으로 소생할 수 있으리란 기대는 훨씬 더 적다. 생활 기반의 발전 단계에서 곧 궁핍해져 버린 얼마 안 되는 도덕적인 진리를 품고 인생길을 시작했던 중국인들은 겨우 소년시대로 접어들었으나 곧바로 노쇠해 버리고 만 것이다. 그 사이 개인적 토대와 가족의 토대가 발전하고 뿌리를 내리는 데는 성공했으나 그것이 사회생활과 국가생활에 이를 만큼 성숙하지는 못했다. 설혹 어느 때인가 성숙했었다고 하더라도 국가의 집중화나 혹은 다른 어떠한 형태의 집중화도 불가능하게 만들어버리는 무한정 증가하는 거대한 인구 속에 잠겨 사라져 버렸을 것이다.[28]

가족 다음으로 중국인은 자신의 개인적인 일에 몰두한다. "하느님은 너무 높이 계시고 짜르[29]는 너무 멀리 있다"라는 러시아 속담이

중국에서만큼 이렇게 꼭 들어맞을 수가 없다. 황제는 일 년에 한 번

---

28) 1855년 저널 「해양선집」에 일부 실린 『마닐라에서 시베리아 해안까지 가는 도중에 쓴 기록. 1854년 2월 27일부터 5월 22일까지(Zametki na puti ot Manily do beregov Siviri. S 27 fevralja po 22 maja 1854)』와 1858년에 출판된 초판 단행본 『전함 '팔라다'호』에는 다음과 같은 구절이 덧붙여 있었다(곤차로프는 여행기의 초판 단행본을 출간한 지 20여 년이 지난 1879년 새롭게 편집한 여행기를 다시 출간 하였다. 이후 출판된 단행본들은 모두 이 판본을 따른다).
  "조선인들은 최고권력의 정치적 필요성을 인식하지 못한 채 마치 집안에서 어른에게 순종하듯이 자신의 정부에 순종한다. 이 필요성이란 것은 종교나 학문에 의해서 뿐만 아니라 그들이 모르는 다른 나라의 국가생활에 의해서도 밝혀지지 않고 있다. 그들은 아이들처럼 어른에게 순종할 뿐이다. 왜냐하면 어른은 힘이 더 세거나 더 현명하기 때문이며, 혹은 어른들이 어릴 적에 그저 완력으로만 다스렸기 때문일 것이다. 만일 그들 중 하나가 자신의 개인적인 감정과 국가에 대한 자신의 태도를 소중히 여기고 있다고 하더라도 그는 이 지방이나 다른 지방, 혹은 그 모든 곳에서도 그것들을 소중히 여기고 있다는 점에는 신경을 쓰지 않는다. 그는 도무지 여기까지 생각을 할 수가 없는 것이다. 국왕과 자기 이웃의 안전을 염려하면서 자신의 재산을 지키기 위해서는 타인을 고려해야 한다는 확신도, 타인도 그에 대해 그와 똑같은 태도를 지녀야 한다는 확신도, 그리고 바로 그 속에 온전한 국가생활의 비밀이 담겨 있다는 확신도 그들은 가질 수가 없다. 그에게 온전한 생활이란 것이 무슨 상관이 있단 말인가? 중국인의 사소한 걱정거리와 그 자신의 활동을 둘러싸고 있는 모든 것들에 대한 관심, 그리고 그 자신의 상업이나 생산, 가족의 영역에 포함되지 않는 모든 것들에 대한 무관심으로 인해 그의 시선은 이 모든 활동의 근본이 되는 시원(始原)에까지 닿을 수가 없다. 이와 같은 시원에 어떤 호감도 갖고 있지 않으며 단지 사적인 목표들을 달성하는 데에만 빠져 있는 까닭에 그는 이기주의자일 수밖에 없으며, 아내와 아버지와 아이들, 그리고 그들을 그렇게 살도록 가르친 유교만을 알고 있을 뿐이다. 폭동이 일어났다. 왕위를 탐내는 자가 굶주린 떠돌이 떼를 고용하여 베이징으로 간다. 거기서 역시 왕위를 지키도록 고용된 또 다른 무리들을 갑자기 맞닥뜨리게 된다. 지금의 왕조를 무너뜨리고 왕위에 오른다. 이는 마치 200년 전에 일어났던 것과 흡사하다. 민중은 침착하게 이 사실을 알게 되며 또한 침착하게 새 국왕을 인정한다. 그것이 합법적인지 아닌지를 가려볼 생각도 하지 않고 마치 어른이나 가장 힘이 센 사

직접 땅을 갈고 학자들에게 시험을 보게 하는 등으로 족하다. 중국인들은 이것이 소극(笑劇)이라는 걸 알고 있으며 정부와 국민들 사이에 심연이 놓여 있다는 것도 알고 있다. 사실 법률은 수없이 많다. 그리고 법을 집행하는 사람들은 더더욱 많다. 그러나 이 또한 역시 쌍방을 의식적으로 농락하는 소극이며 희극이다. 법은 오래 전에 사멸하여 실생활과는 너무나도 유리되어 버렸기 때문에 법률을 위반할 경우 일종의 요금을 지불하는 체제가 완전히 정착됨으로써 법을 대신하게 되었다. 상황이 이러하므로 중국인은 자신이 하고 싶은 대로 한다. 가령, 그가 관리라면 그는 하급자로부터 뇌물을 받고 자신은 또 그것을 상관에게 상납한다. 만약 그가 군인이라면 그는 봉급을 받고도 일을 하지 않으며 전쟁터에서는 도망친다. 그는 전쟁을 하기 위해 복무하고 있다고 생각하는 것이 아니라 자기 가족을 부양하기 위해 복무하는 거라고 생각한다. 상인은 자기 점포에 대해서만 생각하고 지주는 자기 밭과 자기 밭의 곡식을 팔아 줄 사람에 대해서만 생각한다. 이들 모두가 국가의 안녕에 대한 고려는 전혀 하지 않은 채 행동하는 탓에 법인조합도, 그 어떤 공공기관도 설립될 수 없었으며, 또한 그런 까닭에 이민자들도 무척이나 많다. 지방도시들 간의 상호교류는 거의 없다. 강과 몇 개의 운하를 제외하고 나면 도로는 거의 없다. 상품을 운반할 필요가 생길 경우 상인은 사람을 고용해서 힘들게 길

람처럼 그를 받아들이는 것이다. 이전의 합법적인 국왕을 보호하고 있던 군중들 속에서 단 하나의 목소리도 들리지 않았고 단 하나의 손도 보이지 않았는데 이는 군중들 안에서 자기 자신과 자신의 아버지, 형제, 아내, 아이들을 알아보았기 때문이다. 빈틈없는 성벽으로 에워싸인 최고권력 주위에 선한 인성을 가진 자와 그에게 충심으로 헌신하는 자들 말고도 바로 그 시원을 보호할 필요성을 깊이 인식하고 있는 자들을 세워두어야 할 것이다."

29) 러시아 황제의 명칭이다.

을 내가며 간다. 이런 탓에 중국인들은 모든 일에 무관심할 수밖에 없다. 눈앞에는 권태와 자질구레한 일상의 걱정거리들만이 있을 뿐이다. 도대체 무엇에 관심을 가질 수 있겠는가? 앞으로 전진할 필요는 없다. 모든 게 다 갖추어져 있으니…….

중국인은 황제로부터 떨어져 있으며 신으로부터는 더욱 떨어져 있다. 중국의 고대종교를 믿는 이들은 하늘의 신들에게 기도를 드릴 수 없는데, 왜냐하면 이는 금지되어 있기 때문이다. 황제가 그들 모두를 대신해서 기도를 올린다. 불교도는 승려를 고용하여 기도를 올리기 때문에 정작 그들은 사원 안을 들여다볼 일도 없다.

학문과 예술에도 그와 같은 지엽적인 성격과 부동성(不動性)이 반영되어 있다. 학문적 지식은 예부터 지금까지 동일하다. 진리가 한 번 기록되고 나서 그것을 다 익혔는데도 그 이후로 변한 적이 없다. 학자들은 혀가 굳어버려 어린아이가 되어버렸고 또한 학자들의 도움 없이 단지 일반대중의 상식에 의거하여 살아가는 평범한 이들의 웃음거리가 되어버렸다. 예술가들은 쓸데없는 일에 골몰하고 있다. 그들은 나무나 호두 껍데기에 자기 집의 정원이나 정자, 배 등을 조각하기도 하고 오백 년 전에도 그랬던 꽃들과 색색의 중국의상을 바늘처럼 생긴 붓으로 그리고 있다. 다른 모델은 그 어디에서도 입수할 길이 없다. 자신이 가지고 있던 원천은 모두 고갈되었고 삶은 물방울이 한 방울 한 방울 조용히 떨어지고 있는 단조로운 인공폭포와 비슷하다. 이렇게 흐르고 있는 폭포의 물소리를 듣고 있노라면 움직이고 싶은 활력보다는 졸음이 앞선다.

그러나 나는 유럽과 중국 사이에 놓인 오솔길을 따라 거닐면서 양국의 손이 서로 맞닿아가는 것을 보았다. 한 나라는 장님으로서 눈뜬 이가 그를 향해 내민 손을 찾고 있는 것이다. 나는 유럽의 가옥과 중국의 오두막

사이, 범선과 정크 사이, 기독교 회당과 이교도 사당 사이를 거닐었다.

진행되고 있는 작업들이 끓어 넘칠 만큼 많다. 어떤 배는 신약성경과 한문으로 번역한 학문교재 등을 싣고 입항하고 있으며, 또 어떤 배는 아주 싸구려에서 값비싼 최상의 것에 이르기까지의 각종 독극물(毒劇物)을 고루 구비한 채 입항하고 있다. 나는 총성을 들었다. 양측이 독극물을 교환하고 있는 것이다. 이 모든 일들로부터 어떤 결과가 나올까? 구원과 독약 중에서 어떤 것이 먼저 자리를 잡게 될 것인지는 알 수 없다. 그러나 어찌되었건 간에 개혁은 시작되고 있다. 오래된 합법적인 왕조를 되살리기 위해 벌써부터 폭도들은 스스로를 기독교도라고 부른다. 게다가 아무래도 의심스럽기는 하나, 무슨 절충주의자입네 하며 먹구름처럼 몰려들고 있다.[30] 그들은 기독교 문명의 깃발 아래에서만 성공이 가능하다는 사실을 마침내 깨닫게 된 것으로, 이는 아주 많은 것을 의미한다. 그들은 동서 양쪽, 구교의 수도승과 신교도들, 아시아 대륙을 스쳐간 떠돌이들을 통해서 기독교를 받아들였다.

일본인은 이에 비해 보다 더 섬세하고 그리고 아마도 보다 더 진보된 민족인 것 같다. 따라서 그 수가 중국인보다 10배도 더 적다는 것은 당연하다. 게다가 그들은 섬에 갇혀 살고 있어서 국가권력은 그들을 통치하는 데 있어 별다른 어려움이 없다. 일본의 치밀한 계산 아래 교묘하게 형성된 국가기구체제는 외부의 영향 없이는 무너지지 않을 것이다. 최고권력까지도 포함하여 모든 것이 이 체제에 종속되어 있다. 만일 그 체제를 무너뜨린다면 이 최고권력이 가장 먼저 넘어가게 될 것이다. 중국인은 자신의 조로(早老)한 문명[31]과 그와 똑

---

30) 아편전쟁 직후 중국 청조에 일어났던 태평천국의 난을 말한다.
31) 중국문명에 대한 곤차로프의 이와 같은 시각은 많은 부분 18세기의 계몽주의 철학자 헤르더(J. G. Herder)의 그것과 유사하다. 헤르더는

같은 소외체제를 일본인, 조선인, 유구인에게 전염시켰으나 대륙에 사는 그들은 일찌감치 이로부터 해방되었다. 일본인은 중국인보다 개간될 희망이 더 크다. 그들의 체제가 붕괴된다면 그들은 재빨리 인간성을 회복하게 될 것이다. 지금 현재 얼마나 많은 성공의 증표가 존재하고 있는가! 젊은이들은 그들의 모든 것이 끓어 넘쳐 발효되어 밖으로부터의 환기가 필요하다는 것을 인식하고 있다.

일본인은 이기주의자라는 점에서 중국인과 같지만 다른 견지에서 볼 때 그들에게는 중국인이 가지고 있지 않은 국가적 기반과 중앙집권화된 최고 권력에 관한 인식이 가장 높은 자리를 차지하고 있다는 점에서 구별된다. 그렇지만 이러한 인식은 전적으로 공포감으로부터 기인하는 것이다. 그들이 가지고 있는 이와 같은 인식은 공공의 이익에 이바지하려는 자유로운 의지나 또는 공공의 이익을 책임지고 있는 권력에 대한 애정이나 감사의 마음에서 우러나온 것이 아니다. 일본인은 단지 두려워할 뿐이다. 그는 항상 무언가를 두려워하고 있다. 가령 자신이 저지른 잘못이나 중상모략과 그로써 피할 수 없이 따라오게 될 처벌을 두려워하는 것이다. 그는 정부의 제도가 완벽하게 실행되고 있고 그 자신은 엄중한 감시를 받고 있으므로 처벌을 면할 수 없다는 사실을 알고 있다. 중국인은 이 점에 대해 그다지 염려하지 않는데 왜냐하면 이와 같은 제도가 중국에서는 공공의 이익에 대한

그의 저서 『인류의 역사철학에 대한 이념』(Ideen zur Philosophie der Geschichte der Menschheit, 1784-1791)에서 중국에 대해 다음과 같이 쓰고 있다. "중국 민족은 지구상의 다른 수많은 종족들과 마찬가지로 교육과정을 중도에 그만두었다. 이는 마치 소년기에 머무르는 것과 같다." 한편 19세기 러시아 시민비평가 벨린스키(V. G. Belinsky)도 중국을 "흰머리에 구운 사과처럼 누런 주름살투성이 피부와 꼽추와 같은 형체를 가진, 태어난 지 석 달 된 아기"와 같다고 묘사한 바 있다.

무관심과 이기주의로 인해 오래 전에 뿌리 뽑혔기 때문이다. 중국에서는 사람들이 남을 두려워하지 않는다. 내가 앞에서 이야기하였듯이 윗사람은 아랫사람에게 뇌물을 받고 아랫사람은 그 아랫사람에게 뇌물을 받으면서 자신이 하고 싶은 대로 한다.

유구인들에 대해서 말하자면, 그들이 자기들의 가운처럼 생긴 옷을 벗어던지고 죽창과 부채를 총과 칼로 바꾸어 다른 이들처럼 인간이 되기 위해서는 15년, 20년도 모자랄 것이다. 그들의 수는 적을 뿐만 아니라 약하기까지 하다. 그들이 아직도 두려워하고 있는 일본에서 떨어져 나오기만 한다면 모든 것이 급속히 변할 텐데, 가령 샌드위치 섬[32]에서 변화가 일어났던 것처럼 말이다.[33]

이와 같은 것들이 내가 중국에 관해서 읽고 들은 것들을 상기해

---

32) 지금의 하와이를 말한다.
33) 곤차로프는 여기서 러시아 함대장 골로빈의 책 『캄차카(Kamchatka)』에서 읽었던 부분을 상기했던 것 같다. "샌드위치 섬은 수천 명의 성인과 머리카락이 하얗게 센 어린아이들이 성인의 단계에 진입하는 광경을 우리에게 보여준다. 〈……〉 샌드위치 섬 주민들이 유럽인을 알게 된 지이제 겨우 40년밖에 되지 않았다. 제임스 쿠크가 그 섬을 방문했을 때만 해도 총소리가 그들을 공포로 몰아넣었었다. 그러나 오늘날 그들은 다양한 구경의 대포를 10대나 보유하고 있으며 〈……〉 군장을 갖추고 무장한 이들이 6,000명 이상이다. 보아구(Boagu) 섬에는 〈……〉 해안 방비를 위한 요건들을 모두 준수하여 건축된 사각형의 돌벽 요새가 세워져 있다. 〈……〉 우리가 그 항구에 접근했을 때 그곳에는 샌드위치 섬의 왕이 소유한 2척의 브리그선(船)과 4척의 미국 선박이 정박하고 있었다. 깃발 아래 이 모든 것들과 요새 위에서 펄럭이는 샌드위치 섬의 국기를 보자 나는 야만스러운 민족이었던 그들이 계몽에 그토록 다가가 있다는 사실을 직시하지 않을 수 없었다. 이때 나는 놀라지도 않았고 그리고 유쾌해지도 않았는데, 그러나 솔직히 창피하다는 생각이 들었다. 왜냐하면 시베리아와 캄차카 동부 해안 전체를 통틀어 이와 비슷한 형국이 여행객의 눈앞에 펼쳐진 적이 없었기 때문이다." B. M. 골로빈, 『캄차카』 전 2권, 페테르부르크, 1822, 1권, p.324.

가면서 이 민족의 살림살이를 세심히 살펴보던 때에 내 머릿속에 떠오른 생각들이다. 아마도 중국학자들, 특히 중국애호가들의 상당수는 이런 점들에 반대할 것이다. 그러나 나는 내가 말한 것이 반드시 진실이라고 주장하지는 않겠다. 적어도 내 생각은 이렇다는 것으로…….

내일 우리는 닻을 올려 일주일 동안 나가사키에 다녀올 것이다. 그후에 조선해안을 지나 사할린을 거쳐 러시아 영토로 가게 될 것이다. 거기는 아직도 얼어 있기 때문에 지금 그리로 가기에는 이르다. 여기는 조선 남해안 위도 34도인데도 이맘 때 페테르부르크처럼 춥다. 서양의 같은 위도 지점, 가령 마데이라 섬에서의 작년 1월 날씨는 더웠다. 하지만 여긴 동양이지 않는가.

나는 4월 2일, 해밀튼에 수송선이 도착하여 우리들과 합류한 사실을 말한다는 걸 잊고 있었다.[34] 유럽에서 온 소식은 우리가 마닐라에서 들었던 것과 똑같은 것이었고 대신 상하이에서 새로운 소식이 많이 들어왔다. 나는 유럽인들이 개입하지 않고서는 일이 되지 않을 거라는 것을 예견했었고 실제로 일은 그렇게 되었다. 타우타이 삼콥(Tau Tai Samkov)[35]의 군대가 말썽을 일으킨 것이다. 이들은 규율 없이 날뛰는 무뢰한으로, 군대라기보다는 차라리 도적 떼에 가깝다. 상하이에서는 밤에 다니기가 위험해졌다. 병영[兵舍]의 군인들이 떼로 몰려 유럽인 거주구역에서 행인들을 습격하던 중, 저녁에 아내와 산책하던 한 영국인을 습격하게 되었다. 군인들은 병영으로 부인을 끌고 갔고, 영국인 남편은 자기 아내를 보호하려 11군데나 상처를 입었는데 그중 한 곳은 상당히 치명적이었다. 다른 유럽인들이 달려와 그를 구하고 악당들을 물리쳤다. 이로 인해 영국

---

34) 푸티아틴 제독의 상황보고서에는 수송선 '멘쉬코프공'호가 4월 5일 혹은 6일에 함대로 합류하였던 것으로 기록되어 있다.
35) 청나라 상해 지사.

인과 선원들, 젊은 사무원들이 모두 들고 일어났다. 그들은 소총이나 권총으로 무장하고 대포까지 끌고 나와 병영으로 가서 그 안에 몇 발의 포탄을 쏘아 많은 사상자를 냈다.

그 후 유럽과 미국의 영사들 모두가 병영을 철수하여 다른 곳으로 이동할 것을 타우타이에게 통보했다. 현재 포위된 도시와 유럽인 거주구역 주변은 모두 정리가 되었다. 그렇지만 유럽인들은 더 이상 자신들이 안전하다고 생각하지 않기에 외출할 때는 항상 무리를 이루어 무장을 한다. 상인들의 사무실 책상 언저리에는 장탄된 리볼버가 놓여 있다. 이 모든 일들이 어떤 결말을 맺게 될지는 아무도 모른다.

오늘 닻을 올리려 했는데 맞바람이 불었다. 지금은 사순절 기간이어서 우리들은 금식을 하고 있는 중이다.

이튿날인 **4월 7일** 오후 3시에 닻을 올렸고, 9일 1시가 지나서 나가사키 정박지에 닻을 내렸다.[36] 마치 강에서처럼 조용히 진행된 멋진 항해였다. 일본인들은 우리들이 이렇게 빨리 도착한 것을 믿으려고 들지 않았다. 180마일이나 되는 거리이니 그럴 만도 하다.

오뻬르 바니오스 '오이-사브로스케(大井三郎助)'는 우리 일행을 다

---

36) 푸티아틴 함대의 거문도 출항일자와 일본 나가사키 입항일자의 기록이 일치하지 않는다. 곤차로프는 4월 7일 오후 3시 출발, 4월 9일 1시 도착으로 기록했으나, 푸티아틴 제독의 상황보고서에는 날짜에 관한 기록은 없고 다만 거문도에서 나가사키까지 약 24시간 걸렸다고 기록되어 있다. 미국학자 젠슨은 4월 5일 출발, 4월 6일 도착으로 보고 있는 한편, 일본학자 다보하시 기요시(田保橋 潔)는 나가사키 도착을 4월 8일로 본다. 우리 측 기록인『전라감영계록』에는 음력 3월 22일(러시아력 4월 7일) 신시경으로 되어 있다. 거문도 출항일자는 우리 측 기록과 곤차로프의 것이 일치하며 나가사키 도착은 푸티아틴 제독의 말대로 약 24시간 걸렸으므로 4월 8일에 도착한 것이 된다. 우리 측 기록이 정확하다면 나가사키 입항일자와 관련해서는 다보하시 기요시가 맞고, 곤차로프가 틀리다고 하겠다.

시 보게 되자 어느 정도는 만족감에서, 그리고 또 어느 정도는 어리석음에서 비롯된 큰 웃음을 지었다. '기치베(通譯吉兵衛)'는 보트로 포대(砲臺)에 접근하지 말아달라는 나가사키 지사의 부탁을 우리에게 전하면서 이전과 마찬가지로 몸을 낮춰 인사하고 신음소리를 내면서 신경질적인 웃음을 터뜨렸다. 그리고 상부로부터 내려온 전갈 같은 것을 알려줘야 하지 않느냐는 우리들의 질문에 지사는 "에도로부터……대답은 nit ebhalfen……없었습니다"라고 대답했다.

또 다른 통역관인 '하야시야마 에이노스케(林山榮之助)'[37]는 에도에 있으며 그곳에서 '아메리카 합중국 사람들'을 따라다니고 있고, 우리들은 이 '사람들'이 온건한 태도로 회담을 벌이고 있다는 것, 그리고 우리에게 했던 것과 마찬가지로 미국인들도 보트에 태워 안내하고 있으며 상륙은 시키지 않는다는 사실 등에 대해서도 알게 되었다. 또 포구에서 그들의 선박 중 한 척이 얕은 여울에 걸려 가라앉기 시작했기 때문에 사람들이 일본배로 뛰어들었다는 것, 그리고 그 배에 난 구멍을 막았다는 것도 알았다. 미국인들은 에도에는 가지 못한 채 단지 항구에 머무르고 있었다. 그 항구는 물이 얕아서 배로 에도까지 약 30베르스타(약 32㎞)[38] 지점에 접근하는 것도 불가능했던 것이다.

그나저나, 나는 마닐라에서 페리(Perry) 함대의 장교가 그린 것으로 보이는 에도의 가옥과 절 그림들을 영국인가 미국 신문에서 본

---

37) 모리야마 에이노스케를 가리키는 듯하다.
　　모리야마 에이노스케(森山榮之助, 1820-1871): 네덜란드어 통역관으로 일본의 외교 회담이 개최되었을 때 큰 활약을 했다. 네덜란드어뿐만 아니라 그는 영어도 할 줄 알았으므로 후에 영일사전 편찬에도 참여했다. 1862-1863년에 그는 개항을 연기하기 위한 회담차 조직된 일본 대표단의 통역관 자격으로 영국, 네덜란드, 독일, 러시아, 포르투갈, 프랑스를 방문했다.
38) 베르스타는 러시아 거리 단위로, 1베르스타는 약 1.06㎞이다.

적이 있는데, 그것이 지볼트39)의 저서에서 베낀 그림들이었다는 것을 덧붙인다는 걸 잠시 잊었다.

일본에서 거둔 미국인들의 성공과 통상조약에 대해 신문들이 얼마나 떠들어댔는가에 대해서는 새삼 말할 필요가 없다. 항구 3곳이 그들에게 개방되었다는 건 어쩌면, 아니 정확한 사실일 것이다. 물과 석탄과 식량보급을 위해 항구는 개방되었다. 그렇지만 진정한 의미의 정상적인 무역에 이르려면 아직도 멀었다. 만일 그렇다면, 우리들도 일본에서의 성공을 떠들어대며 그 사실을 신문에 알렸더라면 어떻게 되었을까? 아마 벌써 오래전부터 저기서 교역을 하고 있을 것이다.

식량은 네덜란드인을 통하지 않고 지사가 직접 공급해 주기로 했는데 게다가 무료였다. 그들이 이렇게 조처한 것은 식량 조달이 될 수 있는 한 상거래 형식을 취하지 않도록 하기 위해서였다. 일본인들은 자기들이 저지른 애초의 실책을 무마해 보고자 무척 애썼다. 한마디로, 그들은 자기들 방식대로 우리들에게 대항함으로써 상부에 충성을 보이고 싶었던 것이다. 그는 제2대 지사 '미즈노 치구고노-카미사마(水野筑後守)'40)로, 오늘날까지 초대(初代) 지사였던 '오사와-분고노-카미-사마(大澤豊後守)'의 비호 아래 활약하고 있다. 전 지사가 전권사절들과 함께 에도로 떠났기 때문에 그는 혼자서도 사태를 잘 처리할 수 있다는 것을 보여주고 싶었던 것이다. 그러나 우리들은 식량을 종전에 하던 대로, 즉 대금을 지불하고 네덜란드인에게 공급받던지 아니면 일본인이 직접 공급해 줄 경우에는 매번 물건 값만큼의 선물을 보내기로 하는 조건에 한해서만 공급을 받겠다고 통고했다.

---

39) 각주 (12) 참조.
40) 미즈노 치쿠고노-카미 타다노리(水野筑後守忠德, 1810-1868): 영일, 불일 상거래협정에 관한 회담에서 전관대사로 참여했다.

이러한 방법은 지사를 놀라게 하였다. 왜냐하면 그것은 일본인과의 직접적인 교환거래의 형태를 띠는 것이었기 때문이다. 달리 해볼 도리가 없었으므로 상관이란 자는 통역관이 잘못 전했다는 것으로(이것은 그들이 어떤 조치를 취했다가 그것이 실패로 끝났을 때 하는 뻔한 구실이다), 자기는 종전대로 네덜란드인을 중개인으로 한 식량조달에 동의하고 있다고 전해왔다. 그리고 이와 동시에 조달되는 식량의 일부를 선물로 받아주기를 바란다고 당부했고, 그리되면 우리 측의 답례 선물도 받을 용의가 있다는 것도 전해왔다. 그는 어제 일본 배들이 우리 보트의 진로를 방해하여 그들을 몰아내려 했던 사실에 대해서는 한마디도 언급하지 않았다. 동료들은 가능한 한 거기서 멀리 떨어지려고 했으나 급기야 젤료느이[41]가 자기 보트를 몰아 일본 배들 사이로 뚫고 들어가는 바람에 그중 일본 배 1척의 선수(船首)가 떨어져 나갔고, 일행은 그것을 전함으로 가져왔다.

밤 12시가 지나서 오이 사브로스케(大井三郎助)가 이 사건에 관한 해명을 요구하며 찾아왔다.

나가사키가 이번에는 왠지 슬프게 보였다. 언덕 위의 푸른빛은 창백해 보였고 초록빛 나무들은 메말라 보였으며 그리고 추웠다. 별 관련은 없지만, 이곳의 4월은 이맘때의 우리 북국의 나라보다도 더 춥다. 우리나라에서는 얇은 코트를 입고 다닐 때인데 여기는 아직도 공기가 차다. 한 달 정도 지나야 날이 풀릴 거라고 어제 기치베가 말했다.

4월 11일 오늘은 부활절이다. 관례에 따라 예배를 보았다. 3척의

---

41) 젤료느이(P. A. Zeleny, ?-1891): '팔라다'호 승무원으로 해군 소위였다. 그는 이미 1857-1860년에 세계일주 항해를 한 바 있다. 1885년부터 흑해 연안의 도시 오데사의 시장을 역임했다. 곤차로프는 함께 항해한 지 20년이 지난 후에 그를 '가장 사랑스러운 동료'로 회상할 만큼 유머러스하고 배우기질을 가진 낙천적인 사람이었다.

배에 있던 모든 사람들이 예배를 보기 위해 모여들었다. 예배가 끝난 뒤 우리는 성찬을 들었다. 나가사키에 계란을 주문해서 색을 칠했고 부활절 인사를 나누었다. 식탁 위에는 닭다리와 로스트비프, 부활절 케이크가 올라왔다. 육지에서와 마찬가지로 축일은 역시 축일이다!

4월 12일 다들 식량을 나르고 있다. 오늘 오이-사브로스케와 통역관들을 점심식사에 초대했는데 그들은 약속한 2시가 아니라 5시에 왔다. 나는 그들을 보지는 못했지만 들리는 말로는 그들이 무척 많이 먹었다고 한다. 오이-사브로스케는 생전 처음으로 고기를 먹었고 게다가 또 생전 처음으로 겨자를 보고는 설명도 듣기 전에 갑자기 한 수저를 먹고 말았다. 이마가 벌게지더니 눈물이 흘러내렸다. 지사에게는 선물에 대한 답례로 14아르신(994cm)[42]의 나사지와 청동으로 만든 사모바르,[43] 그리고 소금에 절인 고기 1통을 보냈다. 내일 모레 닻을 올리고 시베리아 해안으로 갈 것 같다.

4월 14일 어제는 일본인들이 나머지 식량과 지사가 보낸 작별선물인 푸른 채소와 닭 등을 가져왔다. 그들은 제독(푸티아틴)의 캐빈에서 홍차를 마셨다. 그들에게 몇 번 선물했었던 사모바르의 사용법을 알려주었다.

저녁때 우리 선원들은 춤도 추고 노래도 불렀다. 배에서 평범한 일본인들 다수와 사공들, 하인들이 구경을 나왔다. 한 사람은 위로 치솟은 아마(亞麻)빛 수염에 무섭게 생긴 무뚝뚝한 얼굴을 한 키잡이였고, 또 한 사람은 검은 구레나룻을 기르고 손에 딸랑 딸랑 소리 나는 장난감을 가진 초로의 수부장(水夫長)이었는데 두 사람 다 마치 무슨 어려운 일을 하듯이 오랫동안 맹렬히 춤을 추었다. 구경하던 이들은 그 모습을 보고 놀란 표정으로 입을 딱 벌린 채 바라보았다. 한 사람이

---

42) 아르신은 러시아의 길이 단위로, 1아르신은 71cm이다.
43) 과거 러시아에서 숯으로 찻물을 끓였던 용구로 보온도 가능하다.

지쳐서 장승처럼 서 있으면 또 한 사람이 바로 뛰기 시작했다. 처음에
는 천천히 그리고는 점점 빠르게 아래쪽을 보면서 발을 번갈아 바꾸었
다. 그리고 난 다음에는 때때로 소리를 지르면서 재빨리 몸을 내려 무
릎을 굽히고 뛰어올랐다. 이때 코러스가 노래를 불렀다. 사람들은 모
두들 입을 다물고 진지하게 쳐다보았다. 일본인들은 떠나려고 하지 않
았다. 춤이 끝났을 때 일본인들은 역시 입을 다문 채 웃지 않고 뿔뿔
이 흩어졌다. 마치 자기가 당사자인 가수나 춤꾼인 듯이 말이다.

4월 15일 어제 한 일본인이 마닐라 짚으로 만든 내 시가 케이스를
본 일이 있었다. 그는 오랫동안 그 케이스를 감상했다. 내가 그에게
케이스를 선물로 주고 싶다고 했더니 그는 처음에는 사양하더니 내가
계속 권하자 결국 그것을 받아 안주머니에 넣었다. 나와 포시에트[44]
는 그가 다른 사람들이 보는 데서 케이스를 받기로 결심했다는 사실
에 놀랐다. 그러나 그 놀라움은 사라졌다. 선실로 돌아왔을 때 우리
들은 일본인이 앉아 있던 소파 위에 놓여 있는 시가 케이스를 발견했
다. 답답한 민족이다. 그들에게는 그 어떤 것도 물어볼 수가 없다.
물어보면 거짓말을 하던가 아니면 입을 다물어 버린다. 기치베가 병
이 나서 오지 않았기에 우리들은 무슨 병이 났는지 물었다. 그의 아
들은 아버지는 위가 좋지 않다고 말했다. 한 일본인은 두통이라고 하
고 또 한 사람은 다리가 아프다고 했다. 그런데 그 다음날 본인이 찾
아와서 말하기를 목이 아팠기 때문이라고 한다. 실제로 그는 기침을
하고 있었다. 일본인에게 어떤 질문을 던졌을 때의 첫 동작은 말을
하지 않는다는 것이며, 두 번째는 탈레이랑[45]의 경우처럼 거짓말을

---

44) 각주 (21) 참조.
45) 탈레이랑(Charles Maurice de Talleyrand-Perigord, 1754-1838):
    프랑스 외교관. 승직에서 정계로 나아가 나폴레옹 통치하에서 외상을 지낸

한다는 것이다. 탈레이랑은 마음의 첫 번째 충동에 따르지 말라고 충고한 바 있다. 왜냐하면 그것이 때로는 유리할 때가 있기 때문이다. 우리들은 일본 제일의 상업도시가 어딘지를 첫 번째 질문으로 물어보았다. "오사카"라고 그들은 대답했다. 그 다음은 "야시코"(일본 서해안에 위치), 세 번째는 "미아코", 네 번째는……. 그러다가 갑자기 그들은 너무 많이 늘어놓았다는 것을 눈치 채고는 수줍게 입을 다물어 버렸다. 나는 사브로스케에게 망원경을 보여주었다. 나는 독일어, 영어, 화란어를 섞어가면서 "일본의 경치를 보고 싶은가?"라고 하며 통역관을 통해 물어보면서, 아마 지볼트의 원판 중에서라고 생각되지만 어쨌든, 몇 장인가를 뽑아서 그에게 보여주었다. "피란도, 피란도!"[46]라고 하면서 통역관인 게이스트라, 혹은 나라바이오시 1세가 놀라움을 나타내며 말했다. 피란도란 곳은 예전에 포르투갈인과 스페인인들이 와서 무역을 하던 곳으로, 나가사키의 서쪽에 위치하고 있다. 오이-사브로스케는 화가 나서 통역관에게 뭐라고 재빨리 중얼거렸다. 그러자 통역관은 겁을 먹은 듯이 입을 다물었다. 어디에서나 그리고 사소한 일에서도 체계화된 허위와 은폐로 가득하다. 이는 일본이 점령당할지도 모른다는 끊임없는 공포심에서 기인하는 것이다. 마닐라에 있을 때 일본이 머지않아 개항할 거라는 말들이 오갔고 그에 대한 답으로 프랑스 주교가 했던 말이 언제나 내 귓가에 울린다. "대포의 힘을 빌려서입니다. 이봐요, 대포의 힘을 빌려서"라고 그는 말했었다.

후 반대로 왕당파를 위해 활동하였으며, 비엔나회의에서의 활동은 더욱 컸다. 오늘날 그는 근대 외교의 시조로, 정치적 음모술의 대가로 평가된다. 곤차로프는 탈레이랑의 다음과 같은 구절을 염두에 둔 것이다. "Ne suivez jamais votre premier mouvement car il est bon."
46) 동명의 섬에 위치한 히라도(平戶島) 항구. 현재는 나가사키 현에 속해 있다. 일본 최초로 외국 선박이 입항한 항구이기도 하다.

오늘 일본인은 다시 선물을 받고 돌아갔다. 그러는 동안 우리들은 닻을 올리기 시작했다. 스쿠너는 일본 주변 섬들의 기록 작성을 위해 나갔고, 그리고 난 뒤에는 상하이로 떠날 것이다. 그리고 우리들은 시베리아 해안으로 향할 것이다. 하지만 그보다 먼저 조선 해안에 들를 예정인 것 같다. 수송선은 우리와 함께 갈 것이다. 향후 회담을 위해 아니바[47]로 전권사절을 초청하는 서한을 에도로 보냈다.

우리들이 떠난다는 것을 알렸을 때 지사가 얼마나 기뻐했는지에 대해 이야기하는 걸 잊었다. 그는 너무 기쁜 나머지 우리에게 선물로 다량의 감자와 생선, 그리고 칠을 입힌 책상과 문갑을 보냈다. 답례로 우리는 그에게 탁상시계를 선물했다. 출발 즈음해서 우리는 에도로 가는 것이 아니라는 말을 전하자 그로서는 우리에게 선물을 보내는 일이 무엇보다 중요해졌다. "곧 귀국하게 되는 겁니까?"하고 오이－사브로스케가 나에게 물었다. 그는 난데없이 나를 물고 늘어지고 싶었던 것이다. "일본에서의 업무가 끝나게 되면요"라고 나는 대답했다. "그러면 당신은 언제 에도의 부인 곁으로 가시나요?"라고 묻자 그는 "알 수 없습니다. 결정 나지 않았어요"라고 말했다. 그는 거짓말을 하고 있다. 자신이 출발하는 시각, 그리고 몇 분이란 것까지 알고 있음이 틀림없다. 그러나 진실을 말할 수는 없다. 그렇다면 왜 진실을 이야기하면 안 되는가. 아니면 그는 진짜로 그 사실을 모르고 있을 수도 있다. 거짓말은 일본인에게 어떠한 이익도 가져다주지 않는다. 왜냐하면 상대방이 더 큰 거짓말로 되돌려 주기 때문이다. 그렇게밖에 될 수가 없는 것이다. 우리들이 도착하자마자 그들은 우리들에게 질문공세를 폈다. 어디에 정박했었는지 지금은 어디서 오는 길인지,

---

47) 아니바(Aniba): 사할린 남부해안에 위치한 항만도시.

또 어느 해안에 상륙했었는지 등등. 그들에게 유구 섬과 그리고 바탄에도 있었다고 대답했다. 그러자 그들은 이 바탄이 어디에 있는 섬인지 즉시 찾기 시작했지만 지도에서 찾을 수 없었음을 인정하고는 어제 우리들에게 가르쳐 달라고 부탁해 왔다. 전도(全圖)에는 이 섬의 이름이 표기되어 있지 않고 그저 전 군도를 통틀어 바시(bashi)라고 표기되어 있을 뿐이다. 그래서 그들에게 해도(海圖)에 표시된 섬을 보여주었다. 그들은 섬의 형태를 그렸다. 이는 물론 에도에 상세하게 보고하기 위해서이다. 이런 식으로 서로 거짓말을 주고받자면 끝이 없다. 그들의 의심 많은 태도나 스페인인에게 가지고 있는 오래된 증오의 감정을 알고 있었으므로 우리들이 마닐라에 머물렀었다는 사실은 말하지 않았다. 우리들이 루손 섬48)을 방문한 사실에 대해서는 그들이 어떤 결론을 내릴지 그 누구도 알 수 없다.

그러나 3일째 되던 날, 도시들에 관해 이야기하다가―나도 왜 그랬는지 모르겠는데―그들은 또다시 재차 입을 잘못 놀려 야시코, 혹은 에치고(越後)49)라고 불리는 일본 서해안에 있는 도시가 일본에서 가장 큰 도시 중의 하나이며, 그 반대편에 있는 섬 사도(佐渡)50)에는 광물자원이 무진장 많다는 이야기를 해버렸다. 이제 제독(푸티아틴)은 가는 길에 그곳을 둘러보고 싶어 한다.

4월 16일 다음 날인 오늘 고토(江都)51)열도와 그곳을 둘러싸고 있는 암석의 주위를 돌고 있다. 해안의 기록을 하고 있는데 조수(潮水)가 그것을 방해해서 보트를 옆으로 떼어놓는다. "일본의 상품은 질이

---

48) 루손(Luzon): 필리핀군도 중 제일 큰 섬이다.
49) 혼슈 섬 북쪽의 지금의 사도를 뺀 니카타 현을 말한다.
50) 지금의 니카타 현의 일부이다.
51) 에도의 별칭으로, 여기서는 일본열도 전체를 가리키는 뜻으로 쓰였다.

좋지만 고토를 지나오기가 어렵다"는 중국의 속담은 이유 없이 생긴 것이 아니다. 특히 중국 선박들에게 고토는 난관이다. 고토는 5개의 섬으로 이루어진 듯하다.

바람이 자서 날씨가 더할 나위 없이 좋다. 청명하고 따뜻하다. 우리들은 해안을 피해 우회하면서 가고 있고 우리 일행은 고토에서 해안의 방위를 측정하고 있다. 멀리 일본배가 보인다. 해변에는 초목이라고는 단 한 그루도 보이지 않는다. 빨간 이크라[52]가 부서진 벽돌 조각을 뿌린 듯 무수한 반점을 이루며 바다 여기저기를 뒤덮고 있다. 이 이크라가 밤마다 참을 수 없다는 듯 인광을 내며 번쩍인다. 어제는 그 빛이 너무 강해서 마치 배 밑에서 불길이 타오르는 것 같았다. 돛마저 저녁놀처럼 붉게 물들었다. 선미의 뒤로는 넓은 불길이 한없이 뻗어가고 있었다. 사방이 어둡다. 잔잔히 가라앉은 바다는 빛을 내지 않는다.

4월 18일 츠시마(對馬島)를 통과했다. 날씨가 좋으면 이 섬에서 조선과 일본 연안이 보인다. 군데군데 떠다니는 어부의 조각배 말고는 아무 것도 보이지 않았다. 이 바다 위는 활력이 없으며 모든 것이 죽은 듯 잠잠했다. 일본인들 말에 의하면 조선인은 어쩌다가, 그것도 우연히 그들에게 물건을 팔거나 사기 위해서 찾아오곤 한다는 것이다.

이곳은 유럽인의 무역과 항해를 위해 얼마나 광활한 곳인가. 일본에서도, 조선에서도 이처럼 가까운 거리에 있으며 또 이 두 나라는 상하이에서 이토록 가까운 거리에 있지 않은가! 조선은 일본에서 약 100마일 정도 떨어진 곳에 위치하고 있으며, 이보다 더 북쪽에 위치한 곳은 175마일에서 200마일 정도, 즉 175/300/250베르스타 떨어진 곳에 위치하고 있다. 한편 일본에서 상하이까지는 700여 베르

---

52) 연어알을 뜻하는 러시아어이다.

스타(약 742㎞)이다. 영국에서 일본으로 가는 우편은 동인도를 거쳐 두 달이 걸린다. 이들 나라가 하나의 사슬로 연결되어 유럽에 우편이나 상품 등을 보낼 수 있게 될 때가 곧 올 것인가. 일본 해안과 니뽄, 츠시마로 나뉜 이 만(灣)에 어떤 삶이 펼쳐질 것인지는 알 수 없지만, 이 해양 민족들에게 의지만이라도 불어넣어 주시기를!

4월 19일 오늘 잠잠하던 날씨가 돌연 거의 폭풍우로 변했다. 처음 북쪽에서 돌풍이 불어왔으며 그 후 계속해서 신선한 바람이 불더니 마침내 강풍이 휘몰아쳤다. 그래서 제1접장범(接檣帆)에서 4개의 돛을 내렸다. 그러자 배가 아주 이상하게 대각선상으로 요동을 쳐 아주 불쾌했다. 이 때문에 바다에 익숙한 사람들도 약간의 뱃멀미를 했지만 나는 아무렇지도 않았다. 다만 머리가 조금 아팠을 뿐인데 아마도 배가 흔들렸기 때문일 것이다. 저녁 무렵부터 한밤에 걸쳐 잠잠해졌다.

어제와 오늘, 즉 **20일과 21일** 우리들은 조선반도에서 약 2베르스타(약 2.1㎞) 떨어진 위도 36의 위치에 있었다. 전함의 후갑판(quarter-deck)에서는 기록을 하고 있었으나 볼 만한 것은 아무 것도 없다. 전 해안이 벌거숭이로, 군데군데 초라한 초목으로 덮여 있다. 때때로 마을이 보였다. 거기에는 해밀튼에서 보았던 것과 같은 작은 오두막들이 서로 바짝 달라붙어 있다. 해안을 거니는 주민들이 드문드문 보인다. 바다 위에는 작은 배들이 많이 떠 있는데 아마도 어선임에 틀림없다.

어제 5시경에 포구에 닻을 내렸다.53) 조선 지도는 두 서너 종류밖에 없는데 모두 부정확하다고들 한다.54) 그리고 정말 우리들 눈앞에

---

53) 지금의 영일만. 당시 '팔라다'호의 함장이었던 운코프스키의 이름을 따서 운코프스키만이라고 명명했다. 이는 외국선박에 의한 최초의 영일만 상륙인 듯하나, 우리 측 사료(『일성록(日省錄)』, 『승정원일기(承政院日記)』, 『경상감영계록(慶尙監營啓錄)』)에는 기록이 남아 있지 않다.
54) '팔라다'호가 조선의 동해안을 항해할 때 기본지도로 사용했던 것은 중국

지도에는 없던, 북쪽을 향해 솟아오른 해안선이 펼쳐져 있다. 한밤중에 낯선 해안가를 항해하는 것은 당연히 불편한 일이므로 우리들은 날이 새기를 기다리기로 하였다. 바람은 순풍으로 북쪽을 향해 불고 있었다. 날씨는 따뜻하고 햇살이 비쳤다. 우리의 커터선 1척이 해안에 접근하자 주민들은 해밀튼에서와 같이 도망치고 법석을 피웠으며 역시 똑같은 방법으로 우리를 맞이한 즉, 무리를 지어 해변에 모여서 우리들을 통과시키지 않으려고 곤봉을 들고 버티고 있었으나 우리 일행 중 몇몇이 가지고 있는 총을 보고는 길을 내주었다. 그들은 종이에 한문으로 "대체 어떤 사람들이며, 어느 나라의 어느 도시, 어느 마을에서 왔으며 어디로 가는가?"라고 적었다. 커터선 안에 있던 일행 중 아무도 한문을 몰랐으므로 그들에게 러시아어로 전함의 이름과

과 조선 측 자료를 기초로 하여 추정해 볼 때, 북경에 주재하고 있던 선교사들이 1709-1717년에 걸쳐 편찬한 당빌(D'anville) 지도의 1737년판이었다. 1826년판인 『남해 아틀라스』에 나와 있는 크루젠슈테른(Krusenstern)의 지도는 대체로 라 페루즈(La Pérouse, 1787) 콜네트(Colnett, 1789) 브로튼(Broughton, 1797) 맥스웰(Maxwell) 및 가루리(Garuri, 1832) 등의 관측을 차용하여 개정한 당빌의 지도와 흡사한 것이었다. 1849년에 영국 해군성은 조선에 관한 새 지도를 출판했는데, 그것은 리스(Rees, 1832)와 벨쳐(1847)가 크루젠슈테른 지도에 약간의 자료를 보충한 것에 불과했다. '팔라다'호의 승무원들은 이 지도를 기준으로 삼았던 것 같다. 조선해안의 해도 작성과 촬영은 육군, 일등중위 레프포포프(Levpopov)와 해군소위 페슈츄로프(Peshchurov)가 담당하였고, 천체관측은 육군이등대위 할레초프(Khalechov)가 담당했다. 해안과 섬의 여러 가지 경치는 해군소위 볼틴(Boltin)이 스케치했다. 기록은 1854년 4월 20일부터 5월 1일까지, 울산만부터 시작하여 북위 42도 31분 지점까지 계속되고 있다. 해도는 '팔라다'호의 지휘하에 보트가 각기 출동하여 라자레프 만(영흥만), 포시에트만, 두만강 하구 등을 관측하였다. 한편, "조선반도의 지도"라는 논문에 따르면 그 당시 조선전도는 2종이 아니라 6종이 있었다. 이에 대해서는 「해양선집」1855. No.4. 3부. p.78-80 참조.

년, 월, 일을 적어보였다. 주민들은 손짓으로 물을 얻기 위해 왔느냐
고 물었다. 아니라고 대답하고는 서로 헤어졌다.

4월 25일 조선 해안만이 보일 뿐이다. 기록은 계속되고 있다. 우리들은
벌써 위도 39의 위치에 있다. 좀더 앞으로 나아갈 수도 있었으나 2주째
계속 역풍이 불어 우리들은 같은 지점에서 헛되이 요동을 계속한 것이다.
해안은 안개 속에 숨어버렸다가 어제는 돌연 다시 그 모습을 드러냈다.

조선에 관한 책을 보면 겨울은 극히 춥고 여름은 더워 농작물이
잘 자라지 않는 가난한 나라라고 적혀 있다.[55] 적어도 해안의 모습은
이와 같은 사실을 증명하고 있다고 여겨진다. 위도 37지점에서부터
해안은 산의 연속이었다. 저 멀리 보이는 커다란 준봉들은 차차로 높
아져 가는데 그 모양이 이마에 잡힌 주름살 같아서 바라보고 있자니
울적해진다. 산봉우리는 군데군데 눈인지 모래인지로 인해 하얗게 변
해 있다. 바다에 가까운 해안가는 낮고 모래땅으로 텅 비어 있다. 푸
른 것이라곤 초라한 풀밭과 군데군데 관목숲이 있을 뿐 그밖에는 여
기저기 조그만 나무들이 붙박이처럼 자라고 있다. 바닷가에는 배들이
이따금씩 우울하게 스쳐가고 있다. 생선과 해삼, 연체동물 등을 잡아
일용할 양식을 구하고 있는 게 틀림없다.

---

55) 달레의 책 *Histoire de l'église de Corée*를 참조한 듯하다.

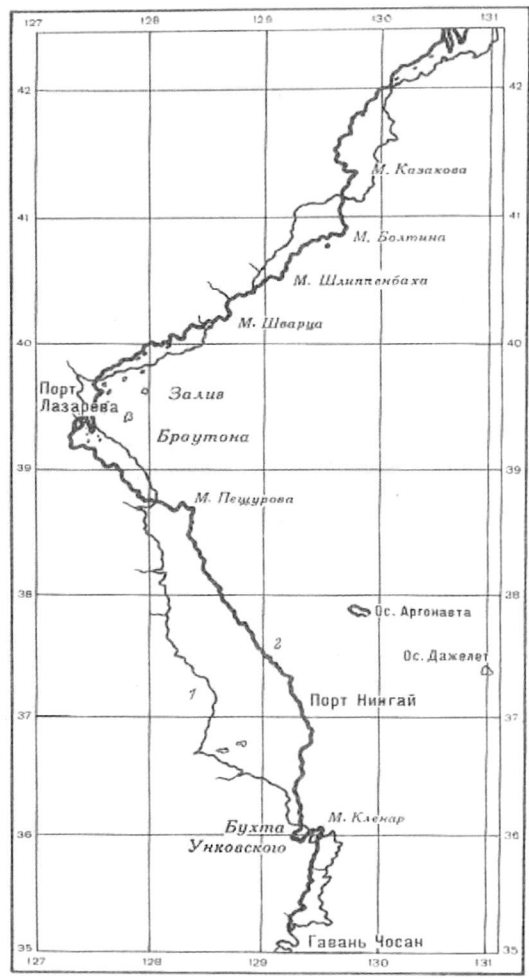

Карта восточного берега полуострова Корен (*1* — Берег, снятый с атласа Крузенштерна, *2* — Берег, описанный офицерами фрегата «Паллада» в 1854 г.).

조선반도 동해안 지도(1 - 크루젠슈테른 지도에서 가져온 해안선.
2-1854년 전함 '팔라다'호가 측정한 해안선)

오늘 그 배들 중 하나가 갑자기 우리들에게 다가왔다. 배 안에는 7명의 조선인들이 있었고 모두들 때 묻은 흰 가운 위에 똑같은 점퍼나 조끼를 입고 있었다. 모두들 똑같은 색의 솜바지를 입고 있었고 한 명은 모자를 쓰고 있었다. 우리는 멀리서 그들이 소리치는 것을 들었다. 그들에게 갑판으로 올라오라고 신호했다. 그러나 그들이 올라왔을 때 우리는 그들의 방문이 달갑지 않아졌다. 왜냐하면 그들과는 도저히 의사소통을 할 수가 없었기 때문이다. 그들 중에 한자를 쓰고 말할 수 있는 사람은 없었으며 더군다나 그들은 모두 술에 취해 있었다. 선원들은 한데 모여 그들을 둘러싸고는 그들의 가운과 하나로 묶어 올린 머리다발을 보면서 여러 가지 감상을 늘어놓았다. "리투아니아보다 더 안 좋은걸?"하고 한 선원이 하는 말이 내게 들린다. "리투아니아라니, 이건 체르케스보다 더하다고! 뭐야, 어떻게 생겨먹은 민족이람!"하고 다른 선원이 반박했다. 그들에게 건빵을 주자 일행은 떠났다. 그들 중 한 명이 떠나면서 그들과 한문으로 의사를 전해보고자 했었던 O. A. 고스케비치를 껴안고 키스했다. 우리는 웃었지만 가엾은 오시프 안토노비치[56]는 청하지도 않은 다정한 자국을 어떻게 지워야 할지 몰라 하고 있었다.

우리는 지난 세기말에 세계여행을 했던 브로튼[57]의 지도와 그와 함

---

56) 고스케비치의 이름과 부칭이다.
57) 브로튼(W. R. Broughton, 1762-1862): 영국의 탐험가. '차담Chaedame'호의 선장으로 1797년 조선과 연해주를 탐험했다. 1797년 5월 16일 유구 열도 부근의 산호초에서 배가 전복했으나 전원 구조되었다. 아시아 해안을 북위 35도부터 북위 52도까지 관측했으며, 이때 일본, 조선해안도 함께 조사했다. 대마도 서편 해협, 즉 대한해협에 브로튼이라는 이름을 부여했으며 조선 동해안을 거쳐 올라 가면서 원산에 기착해서는 영흥만을 브로튼만이라고 명명하기도 하였다. 또한 조선 동해안을 남하하던 중에 동래 용담포에 기착하기도 하였다. 저서로는 A

께 여행에 동참했던, 그러나 다른 배를 타고 항해했던 밴쿠버[58]의 지도를 열심히 검토하는 중이다. 밴쿠버는 아메리카 서부해안을 기록했고 브로튼은 아시아 대륙 주변을 항해했다. 그는 유구섬 근처의 미야코지마(宮古島)에서 난파당했다가 섬 주민들에게 구조되어 아주 극진한 대접을 받았다. 그의 지도는 정확하지 않아서 끊임없이 수정해야 한다. 그러므로 조선의 모습은 흔히 종전의 지도에 표시되었던 것과는 달리 상당히 많이 변하게 될 것이다. 브로튼의 지도에 표시된 깊숙이 들어간 만곡부(彎曲部)를 찾아보았지만 지도상에 표시된 위도지점에서 그것을 발견할 수 없었다. 대신 어제 지도상의 위치보다 북쪽에서 커다란 만을 발견하였다. 우리는 만으로 들어가면서 그것이 얼마나 큰 지를 실감하였다. 만 전역에는 많은 섬들이 있었다. 앞으로 가면 갈수록 잇따라 새로운 작은 만들이 나타났다. 수심은 어느 곳이나 나무랄 데가 없었다. 만의 중앙에 솟아 있는 벼랑에 접근하여 닻을 내렸다.[59] 바다는 이미 보이지 않는다. 사방에 펼쳐진 해안에 의해 차단되고 만 것이다. 파도에 시달릴 걱정은 없으며 수역은 대단히 넓다. 여기에 군함과 상선의 전 함대도 다 들어찰 것이다. 사방에서

Voyage of Discovery of the North Pacific Ocean in the years 1785-1789. London, 1804가 있다.

58) 밴쿠버(J. Vancouver, 1758-1796): 영국의 유명한 항해가 쿡(J. Cook)의 제 2, 3차 항해에 동참하였다. 1792년에는 탐험대 대장으로 북부태평양 탐험을 지휘하기도 하였다. 저서로는 *A Voyage of Discovery of the North Pacific Ocean and round the World in the years 1790-1795 in the Discovery Sloop of War and Armed Tender Chatam under the Command of Captain George Vancouver.* London, 1798이 있다.

59) 지금의 영흥만에 닻을 내린 것이다. 탐사대는 영흥만의 북쪽에 위치한 많은 섬들 중 하나에 곤차로프의 이름을 부여했었다고 한다.

곳이 우리를 바라보고 있으며 여기저기에 조그만 내만(內灣)과 절벽
들, 그리고 군데군데 버림받은 것처럼 홀로 서 있는 민둥바위들이 보
였다. 해안에 푸른 숲이 없다는 것만 빼고는 이 모든 것들은 나가사
키와 어느 정도 비슷하다. 그리고 멀리서 생각했던 것보다 음침하지
도 않다. 2, 3마일 정도 떨어져 보았을 때 초라한 이끼처럼 보였던
푸른색은 가까이서 보니 나무와 관목들이었다. 푸른 채소가 많았으며
산의 경사면이나 해안 주변의 가까운 갯벌 여기저기 나무가 자라고
있었다.

오늘 점심을 먹고 난 뒤 5시경에 우리 일행 다섯은 뭍으로 나갔는
데 갈 때 사모바르와 어망, 총을 가지고 갔다. 마침내 우리는 아마도
유럽인의 발길이 한 번도 닿은 적이 없었을 해안에 상륙한 것이다.
이렇게 멀고 허허벌판인 이곳에 선교사들이 올 이유가 전혀 없다. 브
로튼은 다른 만곡부에 대해 기술하고 있는 것이거나 혹은 만에 기항
했다 하더라고 해안에는 상륙하지 않은 듯하다. 만일 상륙했었더라면
그는 지도에 만을 제대로 기술해 놓았을 것이기 때문이다.

우리의 보트는 높은 언덕 기슭의 모래갯벌에 멈추었다. 그곳에는
장대 위에 어망이 펼쳐져 있고 2아르신(142cm) 정도 폭의 시내가
흐르고 있었다. 해안가 전체에 조개껍질이 흩어져 있었다. 마을 주변
에는 소나무 외에도 내가 이제까지 그 어디에서도 보지 못했던 여러
수종의 나무들이 자라고 있었다. 어떤 나뭇잎은 초록색이 아니라 잿빛
이었고 또 다른 나뭇잎은 어린 레몬나무처럼 아주 선명한 초록색이었
다. 그리고 저주받은 무화과나무60)처럼 말라빠진 회색빛 가지와 줄기

---

60) 예수가 길을 가다 배가 고파 길가의 무화과나무를 보게 되었는데 이파
리만 있고 열매가 하나도 없었다. 예수가 "다신 열매를 맺지 못할 것이
다"라고 말하자 바로 나무가 말라버렸다는 성경의 일화에서 차용한 이

만 달려 있는 벌거숭이 나무도 있었다. 그런데 이 회색 가지와 줄기 위로 전혀 다른 관목류가 자라고 있었는데 그것은 가장 신선한 봄의 초록빛을 띠고 있었다. 아름답지만 동시에 이상스럽기도 하다. 진한 화장과 성장을 한 노파와도 같이 부자연스럽고 억지스럽게 보이기 때문이다.

유감스럽게도 우리 일행 중에는 자연애호가도, 자연과학자도 없었으므로 이 나무들에 관해 물어볼 사람이 없었다. 우리는 만조 때의 끈끈한 모래펄을 따라 나무 아래서 보았던 오두막으로 걸어갔다. 한편 현지인들이 무리를 지어 모여들고 있었다. 그중 긴 지팡이를 든 노인을 포함한 4명의 남자가 풀밭 위에 앉아 있었는데, 상견례식과 인사말 등을 준비하고 있는 것처럼 보였다. 사람이라면 누구나 유년기에는 화려함과 겉치레 장식, 허세를 좋아하게 마련이다. 그런데 우리는 그들을 대강 훑어보고 고개만 끄덕인 다음 무관심하게 해안가를 따라 마을 쪽으로 걸어갔다. 그들이 우리를 얼마나 야만스럽고 무례한 자들로 생각하던지! 그들은 거드름 피우던 건 모두 잊고 우리들 뒤에서 소리 지르며-필경 욕설일 터인데-마을 쪽으로 가지 못한다는 신호를 하며 달려왔다. 그런데 우리도 그쪽으로 가려고 했던 것은 아니었다. 해안으로 가는 길을 가로막고 있는 산까지만 올라갔을 뿐이다.

한편 우리는 오두막에 진흙이 발라져 있는 것을 봤는데 해밀튼에서는 볼 수 없던 것으로, 이곳의 겨울추위가 혹독하다는 것을 알 수 있게 해준다. 그러나 지금은 더울 때라 우리는 프록코트를 벗고 조끼만 걸친 채 걸었다. 해가 이미 서쪽으로 기울었음에도 불구하고 여전히 참기 어려운 더위였다. 조선인들은 우리 뒤를 따라왔다. 키가 크고 건

미지이다(마태복음 21: 19-22, 마가복음 11: 13-14; 20-23 참조).

강한 민족으로 거칠고 검붉은 얼굴과 손을 가진 운동선수들 같다. 그들은 일본인들과 달리 상냥하지도 않고 세련되지도 않았으며 아첨을 하지도 않고 유구인들처럼 소심하지도 않으며 중국인들처럼 이해가 빠르지도 않다. 조선인들에게서는 유명한 군인이 나올 법도 하다. 그런 그들이 중국식의 학문에 감염되어 한시(漢詩)를 쓰고 있다니! 아바쿰 신부가 우리는 러시아인이며 산책하기 위해 해안에 상륙한 것이지 교역을 할 생각은 전혀 없다고 종이에 한문으로 썼다. 그들 중 하나가 그걸 읽고는 다음과 같은 질문을 직접 썼다. "러시아인들이여, 바람의 뜻에 따라 배를 타고 우리 땅에 온 이유가 무엇인가? 그대들은 다 건강하고 안녕하신가? 우리는 2등의 낮은 민족이나 보건대 그대들은 특별하고 지체 높은 민족이로다." 이게 전부 다 한시로 쓰였다니!

나는 크리드네르 남작[61]과 함께 먼저 출발해서 그들에게 뭐라고 대답했는지 모른다. 우리들이 멈춰 서자마자 바로 조선인들이 우리들을 에워쌌다. 그들도 해밀턴 섬의 주민들처럼 지대한 호기심을 가지고 우리들의 옷을 살펴보고 손과 머리와 발을 만져보더니 저희들끼리 활기차게 떠들어댔다.

한편 우리 일행은 어망을 던져서 가자미와 불가사리, 해삼을 각각 1마리씩 잡았다. 갑자기 강한 북서풍이 불어 한기가 덮쳐 무더위를 순식간에 몰아냈기 때문에 나는 프록코트를 걸치기에도 바빴다. 조각구름이 산을 덮고 있었고 물은 세차게 흐르기 시작했으며 파도는 둔중하게 술렁이기 시작했다.

우리들 근처에서 커다란 오리, 붉은코 도요새, 갈매기, 비둘기, 그

---

61) 크리드네르(H. Kridner, ?-?): '팔라다'호의 승무원으로 해군대위이자 콘스탄틴 니콜라예비치 대공의 시종무관이었다. 사교계의 인물로 예술 방면에 높은 감식안을 가지고 있었다.

리고 작은 들새 떼들이 바다를 따라 날고 있다. 여기저기서 총성이 울렸고 저녁에는 덕분에 훌륭한 요리가 곁들여졌다. 그럼에도 나는 어떻게 해서든지 빨리 전함으로 돌아가려는 생각을 하고 있었다. 홍차 마실 준비가 전혀 되어 있지 않았으나 해는 이미 기울고 있었다. 우리들은 프록코트 외에는 가진 게 아무것도 없었다. 닥쳐온 추위를 보아하니 모피를 입어도 될 정도였다. 목초지에는 말이 방목되고 있었고 그 키는 망아지만 했는데 그것은 망아지가 아니라 다 자란 말이었다. 나는 유각가축(有角家畜)의 발자국과 짐마차의 바퀴를 보았다. 보건대, 조선인은 살림꾼인 것 같다.

나는 해안을 따라 보트가 있는 곳으로 향했다. 보트는 바다 가까이 있는 곳으로 떠났으므로 3베르스타(약 3.2km) 가량 걸어가야 했다. 얼마 안 있어 슐리펜바흐 남작62)과 고스케비치가 합류했다. 고스케비치의 배낭 속에 무엇인가 살아 있는 것이 꿈틀거리고 있었다. 그는 이미 온갖 잡동사니를 수집하고 있었다.63) 그는 손에 여러 가지 꽃과 풀을 한 다발 들고 갔다.64)

---

62) 슐리펜바흐(A. E. Shlipenbakh, ?-?): '팔라다'호 승무원으로 해군대위. '팔라다'호가 우리나라 연안을 항해하였을 때 참가한 일원이었다.
63) 고스케비치는 '팔라다'호로 항해하는 동안 수많은 자연과학 표본과 지질학 표본을 수집하였고 그 수집품은 현재 페테르부르크 동물사 박물관과 에르미타쥬 박물관에 소장되어 있다.
64) 1855년 저널 「해양선집」에 일부 실린 "마닐라에서 시베리아 해안까지 가는 도중에 쓴 기록"과 1858년에 출판된 초판 단행본 『전함 '팔라다'호』에는 이어서 다음과 같은 구절이 덧붙여 있었다. "우리는 계속해서 걸었으나 보트는 보이지 않았다. 나는 조선인들에 대한 생각에 빠져 있다가 차차 세속적인 삶의 공허함에 대해, 그러다가 여행의 공허함에 대한 생각에 젖어들었다. 조개껍질을 주웠다가 다시 버렸고 발로 돌멩이를 차보았다. 그리고는 한기를 느꼈다. '오리다, 오리!'하고 슐리펜바흐가 속삭이며 말하더니 갑자기 쿵 하는 소리가 들린다. 나는 사색을 멈추었다."

마침내 멀리서 보트를 발견하고 가 보니 보트는 막 닻을 걷어 올리고 해안을 떠나려 하고 있었다. 우리들은 전함에서 적어도 3베르스타(약 3.2㎞) 떨어진 지점에 있었다. 달이 떴지만 안개가 몹시 짙어 전함은 시야에서 사라졌다가는 갑자기 다시 나타나기도 하였다. 한 번 이상 우리들은 전함을 완전히 놓쳐버려 별을 의지하여 전진했으나 그 별마저 사라져버리곤 했다. 우리들은 무서운 속도로 산과 해안, 수면, 그리고 기어이 하늘과 달까지 감추어버린 구름 속에서 전진해 나갔다. 지독한 습기로 인해 모자와 프록코트가 젖었다. 바닷가에는 선명한 불빛이 아른거렸다. 고집 센 우리 일행이 차를 마시기 위해 남아 있었던 것이다.

한 시간 반이나 헤매다 우리는 전함에 도착했다. 그 후 선실의 차탁에 앉았을 때의 만족감이란! 그때 고스케비치에게 엄숙하게 뱀을 가져다 주었다. 구렁이 말고는 이제까지 우리가 보지도 못했던 큰 뱀이었다. 길이가 2아르신(142cm)이나 되는 굵은 놈이다. 그 뱀은 철로 된 상자 속에서 꿈틀거리고 있었다. 그놈을 알코올이 담긴 커다란 유리병에 옮기려고 했으나 한참을 말을 듣지 않아 내몰았더니 되레 우리가 더 고생스럽게 되었다. 갑자기 뱀이 마룻바닥 위로 기어 나오는 바람에 가까스로 그놈을 잡아넣을 수 있었던 것이다. 그 뱀은 우리 선원 중 하나가 먹황새와 까치와 함께 관목숲 속에 있는 걸 발견한 것이다. 어째서 이것들이 한곳에 모여 있었는지는 알 수 없다. 크릴로프[65]가 쓰지 않은 우화를 연출하고 있었던 모양이다.

4월 28일 오늘은 안개 때문에 측량도 해안탐사도 할 수 없었다.

---

65) 크릴로프(I. A. Kryrov, 1769-1844): 러시아의 우화작가이자 드라마 작가이며 저널리스트. 4권짜리 『우화전집』과 많은 풍자 에세이들을 남겼다.

그 대신 조선인들이 무리를 지어 우리들을 찾아왔다. 음악이 연주되기 시작했을 때 그들이 어떤 표정을 지었는지, 나는 내 선실에서 볼 수가 있었다. 한 사람이 객실에 있던 피아노 소리[66]를 들었을 때 놀란 나머지 마룻바닥에 자빠졌다.

5월 1일부터. '일본해(東海)와 조선해안'

동료들은 만의 수심을 측량하기 위해 매일 배에서 내려갔는데 사실 이 일이 아니었더라면 그렇게 가고 싶어 하지 않았을 것이다. 일행은 강을 따라 올라가서 20베르스타(약 21㎞)쯤 들어가 도회지를 찾으려고 했다. 나는 이 유람에는 참여하지 않았다. 여행은 책과 같다. 책을 읽을 때면 우리는 마음에 드는 대목에서는 멈추지만 나머지 부분은 전체적인 맥락을 파악하기 위해 대강 읽어 내려가지 않는가. "그럴 리가, 새로운 미개척지라구. 이건 정말 대단한 발견일세! 이런 곳은 얼마 안 있어 완전히 없어질 거야"라고 누군가가 내게 말할지도 모른다. 그렇지만 없어지는 것이 내겐 다행스러운 일이다. 이런 어린 아이들과 함께 있는 건 지루하다.[67] 그리고 조선인은 우리에게 전혀 새로운 존재는 아니다. 내가 앞서 이야기했던 것과 같이 조선인은 중

---

66) 이때 피아노를 연주했던 사람은 유명한 해군제독 라자레프의 아들로 당시 13살이었던 미샤 라자레프였다. 그는 해군하사관 자격으로 '팔라다'호에 승선했으며 음악적 재능이 많은 소년이었다. 함장 운코프스키는 그를 위해 특별히 함장실에 피아노를 마련해 주었고, 그는 전함의 승무원들을 피아노 선율로 즐겁게 해주었다. 한편 우리 측 기록인 『일성록』(철종 5년 4월 16일, 러시아력 4월 30일)에는 '팔라다'호를 조사한 함경도 영흥부 관헌은 함장실의 피아노를 보고 "방 안에 마치 바둑판과 같은 것이 있는데 그 소리는 거문고 소리와 같다"고 기록하고 있다.
67) 이와 같은 곤차로프의 언급에서도 역시 헤르더의 영향이 느껴진다. 역사의 목표를 휴머니즘의 이상의 실현으로, 그리고 모든 민족과 모든 인간은 반드시 성숙의 전(全) 단계, 즉 유아기-청년기-노년기를 거쳐야 한다고 보았던 계몽주의자 헤르더의 사상은 곤차로프에게도 발견된다.

국인으로부터 정신적인 측면을 받아들였다. 그런데 나는 누가 물질적인 측면을 부여했는지는 모른다. 한두 마을을 보고 한두 무리의 군중을 보았으니 이것으로 전부를 본 것과 같지 않은가. 오밀조밀한 오두막과 그 주변의 경작지, 그리고 또 모두가 입고 있는 흰색의 폭넓은 가운, 스페이드의 에이스를 닮은 넓은 광대뼈와 코, 말의 털같이 덥수룩한 수염, 또 벌어진 입과 흐리멍덩한 눈초리, 시를 쓰고는 길게 늘여 빼며 읽는 그 모습. 이 중 그 어디에 오랫동안 멈춰 서 있을 수 있단 말인가?

자유롭게 도회지에 들어가 다른 주민들과 그들의 일상생활을 볼 수 있게 된다면 좋으련만 이는 허락되지 않았다. 자연풍광도 눈에 띌 만큼 특별하지 않다. 물론 식견이 있는 여행자라면 어떤 장소가 흥미를 유발하는 이유는 모든 새로운 장소들이 그러하듯이, 그곳이 단지 새롭다는 이유 '때문'만으로도 충분히 흥미를 유발하는 법이라고 말할 수도 있겠지만.

내가 발견한 조선인의 특징이 하나 있다. 그들 국가의 상황과 도시 사정에 대해 물어보면 그들은 진실을 말해 주며 그들이 무엇을 하고 있는지, 무슨 일에 종사하고 있는지를 기탄없이 이야기한다. 그들은 우리들이 머물렀던 만이나 모든 해안, 곶, 섬, 마을 등의 이름을 일일이 가르쳐 주었으며 이곳이 그들의 현(現) 국왕의 고향이라는 것까지 가르쳐 주었다.[68] 그리고 뱃길로 하루 정도 걸리는 남쪽에 커다란 교역장-그 곁을 우리들은 이미 지나쳐 왔다-이 있으며 그곳으로 정

---

68) '팔라다'호가 원산만에서 정박한 곳은 우리 측 기록 『일성록』(철종 5년 4월 26일)에는 당시의 함경도 영흥부 대강진(大江津-현재 영흥군 호도반도(虎島半島)의 끝)이다. 영흥에는 이른바 철종의 본궁이 있었으므로 주민들이 곤차로프에게 이곳이 국왕의 고향이라고 한 것이다.

부에 상납될 상품이 집하된다고 알려 주었다. "어떤 상품인가?" 하고 그들에게 물었다. 곡류, 즉 소맥분, 쌀, 그리고 금속류인 철, 금, 은 외에도 기타 여러 가지 상품이 있다고 말했다.[69]

우리 상품을 물물교환용으로 가져가도 되겠냐고 우리가 물어보았을 때조차 그들은 확신에 찬 대답을 했었다. 일본인이나 유구인, 중국인 같으면 이런 말을 했을까? 아니, 절대로 했을 리가 없다. 조선인은 아직 경험을 통해 배우지 못했고, 국제적인 생활을 한 적도 없으며, 정치에 대한 개념이 없다는 게 확실하다. 그리고 만일 이것이 사실이라면 이대로가 더 낫다. 그들이 유럽과의 유대와 자신들의 재교육이라는 불가피한 과정을 겪기 위한 첫 발을 보다 더 빨리, 그리고 보다 더 쉽게 내딛을 수 있을 것이기 때문이다.

그렇지만 우리는 단지 백성들과 농부들만을 보았을 뿐이다. 신분이 높은 자나 정부의 고관들은 당연히 국가 간의 교류에 관한 개념을 가지고 있을 것이며, 따라서 정치에 대한 개념도 가지고 있을 것이다. 이런 사람들은 중국인, 일본인, 유구인 등과 교류하고 있다. 유럽인의 교류 양상과 생활방식 또한 이들은 잘 알고 있을 것이다. 그런데 여기 사는 주민들은 러시아인과 러시아에 대해서 한 번도 들어본 적이 없다고 한다. 우리는 이 말을 듣고 기분이 상하지는 않았다. 그들은 영국인, 프랑스인에 대해서도 마찬가지로 들어본 적이 없었을 것이다. 러시아에서도 초원지대에 사는 촌사람들을 붙잡고 물어본다면 영국인, 스페인인, 혹은 이탈리아인에 대해서 아는 바가 거의 없을

---

69) 박태근은 이 무역도시를 부산으로 보고 있다. 한편 러시아 주석가들은 이 곳을 원산이라고 주장한다(『I. A. 곤차로프 전집』, 페테르부르크, 2000. 3권. p.742). 그 외에도 푸티아틴 제독의 상황보고서를 살펴보면 곤차로프와 동일한 언급을 하며 이 도시를 경상북도 평해로 기록하고 있다.

것이다. 그들은 조선인들이 중국인과 일본인을 제외한 모든 민족들을 '야만인'이라는 이름으로 한데 섞어놓고 있는 것과 마찬가지로, 이들을 독일인이라는 이름으로 섞어놓을 것이다. 그럼에도 조선인은 러시아에 대한 지식을 갖고 있지 않으면 안 된다. 여기서 조선인은 이곳 주민들을 가리키는 것이 아니라 그들의 정부인사들을 가리키는 말이다. 조선인은 북경에 드나들고 있다. 우리 아바쿰 신부와 고스케비치는 그곳에서 조선인들을 봤던 적이 있다. 그리고 그들의 부탁이었던 것 같은데 어떤 물건을 러시아에 주문하기도 했었다.

이곳 주민들이 우리에게 들려준 이야기로는 조선의 수도에 가면 일본인들이 거처하는 숙소 비슷한 것이 있으며 300명이나 되는 일본인들이 거주하면서 일본 물건을 팔고 있다는 것이다. 대체 어떤 일을 하는 일본인들일까? 일본인이 조선인들과 거래를 하고 있느냐고 묻자 그들은 풍랑을 만난 일본인들이 조선해안에 닿게 될 때만 우발적으로 거래를 한다고 대답했다.[70]

조선인은 자기들이나 자기 나라를 차오-신(Chao-Sin) 또는 차우-신(Chau-Sin)이라 부르는데, 이 고려(Korea)라는 칭호는 옛 왕조 중의 하나를 가리키는 이름이다.

나는 조선인들과 교류를 트기에 가장 적당한 시기가 바로 지금이라고 생각한다. 즉 그들 사이에 아직 유럽인에 대한 불신감이 뿌리내리지 않은 지금, 그리고 유럽인을 차단하지 않는 지금, 그리고 정부가 외국인과 그들과의 무역에 대해서 강력한 통제를 하지 않고 있는 지금인 것이다. 국민들은 교역에 많은 관심을 가지고 있다. 유리 식기나 청동 단추, 도자기, 뿐만 아니라 그들의 눈에 띈 모든 것들을 보

---

70) 박태근은 부산에 있는 '왜관(倭館)'이라고 추정한다.

기 위해 그들은 그토록 맹렬히 몰려들었던 것이다! 그들은 우리들이 입고 있는 프록코트를 정신없이 바라보았고 나사지를 쓰다듬어 보는가 하면 장화를 만져보기도 했다. 빈 병을 갖기 위해 갈대로 만든 커다란 모자를 기꺼이 내주기도 하였다. 우리가 갖고 있는 빈 병 모두를 이 모자와 바꿨다.71) 내가 그러지 말라고 부탁했음에도 불구하고 저쪽에서 파제예프가 나에게도 모자를 하나 얻어 주었다. 그래서 나는 그것을 선실에 걸어 두었다. "모든 분들이 다 가지고 계시는데 비서관님만 없잖아요"하면서 그는 고집스레 대답하고는 모자를 못에 걸어놓았던 것이다. 그 모자는 벽 전체를 다 차지했다. 뿐만 아니라 청동제 파이프 여러 개를 갈대로 만든 기다란 담뱃대와도 교환했다. 그것들 말고는 더 이상 교환할 것이 없었다. 그들에게 식량을 요구하자 그들은 잠시 동안 생각하더니 예의 그 '뿌찌'로 우리를 실컷 대접하고는 소도, 양도, 돼지도 아닌 닭을 겨우 3마리 가져다주었다.

3일째 되던 날 우리 일행이 강으로 나갔을 때 악사를 거느리고 말을 타고 온, 관리처럼 보이는 인물을 만났다. 그에게 홍차를 대접하고 나서 나사지를 선물하려고 했으나 그는 감사하다는 뜻을 전하고는 이를 사양했다. 그는 상관의 허가 없이는 받을 수가 없으며 그들의 법률이 엄하다는 것, 그 법률에 따르면 선물을 받아서는 안 된다고 설명했다.72)

우리들이 정박하고 있는 동안 아침부터 저녁까지 사람들이 번갈아 찾아왔다. 아직까지 자연의 아이들처럼 상당한 정도의 야만성을 띠고

---

71) 우리 측 기록인 『일성록』(철종 5년 4월 23일, 6월 12일자)에도 조선인들이 담뱃대를 빈 유리병과 교환했다는 기록이 남아 있으며, 또한 당시 대사헌(大司憲) 강시영(姜時永)도 이 사실을 언급하며 이를 엄중히 단속할 것을 정부에 건의하였다.

있는 이들로서는 새로운 외부인들을 적의를 품고 바라보지 않을 수 없었던 것으로, 그리하여 일이 벌어지고야 말았다.

---

72) 이 관리임 직한 조선인은 당시 함경도 고원(高原) 군수였던 오경진(吳競鎭)이었다. '팔라다'호 일행은 영흥 지방 용흥강(龍興江) 하구에서 덕지강(德池江)으로 올라와 고원군(高原郡) 고도리(高道里)에서 그를 만났던 것이다. 그는 푸티아틴 사절이 조선에서 만나본 유일한 관리였다. 이날 곤차로프는 탐사에 동행하지 않았다. 대신 그 일행 중 하나였던 포시에트가 이 사건을 자세하게 기록해 두고 있다.
"라자레프항에서 우리는 3일을 정박했고 용흥강을 따라 약 20베르스타(약 21㎞) 정도 거슬러 올라갔다. 이곳의 마을은 짚으로 덮여 있는 나지막한 오두막으로 이루어져 있다. 경작지는 흑토나 붉은빛 도는 모래밭에 정성들여 가꾸어져 있다. 우리는 시가지인지 번화한 시골 마을인지에 도착했고 그 마을의 시장과 특별한 만남을 가졌다. 호기심 많고 난폭한 조선인들이 성가시게 군다는 것을 경험으로 이미 아는지라 간단하게 식사를 하기 위해 우리는 작은 섬에 잠시 멈추었다. 〈……〉 얼마 안 있어 우리는 마을에서부터 우리들이 있는 곳을 향해 온갖 행렬이 길게 늘어서 있다는 것을 알게 되었다. 맨 앞에는 온통 푸른색 옷을 입고 커다란 모자를 쓴 시장이 말을 타고 있었고 그의 양 옆에는 4개의 플라스크와 커다랗고 평평한 우산처럼 생긴 깃발을 들고 있었으며 그의 뒤쪽 왼편에는 삑삑거리는 클라리넷과 목동의 나팔을 든 6명의 악사와 방울 달린 손북처럼 생긴 2대의 북이 있었다. 그리고 마지막으로, 엄청나게 많은 수의 군중들이 따라오고 있었다. 그들이 강가로 접근해 왔을 때 제독은 우리가 있는 섬으로 시장을 초대하기 위해 나를 중국어 통역관과 함께 보냈다. 우리가 쾌속정을 타고 강을 건너 육지에 상륙했을 때 사람들은 소리를 질러댔으며, 이어서 우리는 드물게 긴 수염을 기르고 있으며 현명해 보이는, 그렇지만 근심 섞인 얼굴을 한 노인을 보았다. 그는 나지막한 가리개로 둘러싸여 땅바닥에 깔려 있는 늑대모피 위에 앉아 있었고 군중은 그 가리개 주위에 모여 있었다. 그 앞에는 짚으로 짠 그의 반장화와 담뱃대, 담배쌈지, 먹, 필기용 붓, 부채가 놓여 있었다. 우리도 역시 땅바닥에 앉아서 차례로 그에게 손을 내밀었는데 처음에 그는 우리들 손을 어떻게 할지 몰라 했으나 곧 우리를 초빙하기 시작했다. 그는 대답하기 전에 큰 바다에서 그토록 멀리 떨어진 육지로 들어오게 한 목표가 무엇인지를 우리에게 물어보았다. 우리는 타국의 땅을 구경하는데 관심이 많다고 대답했다. 그리고 그는 우리가 강 하구에서 건네주었던, 조선정부 측에 보내는 문서를 가지고 있는지도 물어

3일째 되던 날 저녁에 조선인들은 우리 동료들 중의 하나가 수심을 측량하고 있던 근처의 절벽 위에 모여서 보트에 돌을 던지기 시작했다. 그들을 향해서 공포를 쏘았지만 그들은 도무지 총포에 대해서 아무것도 모르고 있는 것 같았다. 어제 아침에 이 절벽에서 제일 가까운 마을로 해명을 요구하는 문서를 전달했다. 그들은 저녁 때 용서를 구하는 답신을 보내왔는데 그들에 의하면 돌을 던진 것은 "분별없는" 소년들의 짓이었다는 것이다. 그러나 이는 거짓말이다. 키가 14베르쇼크73)(약 2m) 정도 되며 수염을 기르고 있고 머리꼭대기에는 촘촘한 다발로 묶은 머리가 있었다. 이 나라의 소년들은 러시아 소녀들과 같이 머리 한가운데 가르마를 타서 머리를 땋아 늘어뜨리고 다닌다.

이 답신을 다 읽자마자 갑자기 동료 일행이 돌아왔다. 그들은 10베르스타(약 10.6㎞) 밖까지 강을 거슬러 올라갔다가 돌아온 것이다. 전원 모두 무척이나 두려움에 떨고 있었다. 커다란 위험이 그들을 위협했었다. 한쪽 해안에 주민들이 대거 모여 있었고 그중의 몇 명이 어떤 종이쪽지를 보이면서 우리 동료를 향해서 가까이 오도록 신호했다.

보면서 재차 우리를 초빙했다. 시장이 쾌속정에 탔을 때의 그 호기심과 두려움은 정말 볼만했다. 제독은 시장에게 친절하게 대하면서 우리가 가지고 있던 것 중에 가장 좋은 것을 대접했다. 그에게 던진 질문에는 역시 쓸데없는 말을 할까 봐 두려워하면서 그는 불명료하게 대답했다. 마지막으로 그에게 푸른색 나사지를 선물로 주려고 했으나 그는 그런 옷감으로 만든 옷을 갖고 싶기는 하나 선물을 받을 수가 없다고 말했다. 〈……〉 우리는 짐을 정리하기 시작했고 그 노인은 나머지 관리들과 함께 우리가 그의 일행을 건네주느라 지체하기를 원치 않는다면서 조선인들 위에 올라타서 도보로 되돌아갔다.

다음 날 그는 전함에 들르겠다고 약속했지만 오지 않았다." 포시에트, 「조국잡기」. No.4. p.126-127.

73) 당시 사람의 키는 2아르신을 기본으로 계산하고 남는 키를 베르쇼크로 쟀다. 1베르쇼크는 4.45cm이므로 여기서 말하는 14베르쇼크의 키는 2m 정도가 된다.

그래서 일행이 다가가자 그들은 종이쪽지는 건네주지 않고 일행 중 한 사람을 끌어내어 땅바닥에 누이고는 삽자루처럼 생긴 몽둥이로 그를 때리기 시작했다. 그런 다음에는 방금 몽둥이로 때리고 있던 바로 그 사나이를 꿇어앉히더니 이번에는 그를 때리기 시작했다. 동료들은 이 희극이 정말 어리석은 짓이라는 것을 알아차리고는 그곳을 떠났다. 그 때 매를 맞던 사나이 중의 하나가 그들의 뒤를 쫓아와 선원 한 사람을 붙들어 군중 쪽으로 끌고 갔다. 그리고는 그를 여기 저기 끌고 다니기 시작했다. 그러자 다른 선원들이 달려들어 그들을 두들겨 팼다. 조선 인들은 이들 선원들에게도 습격을 가했으나 선원들이 격노하여 억센 힘으로 민첩하게 몇 명인가를 붙잡아서 두들겨 패자 조선인들이 물러 났다. 일행이 컷터선에 타려고 했을 때 조선인들은 돌과 어망추를 던 지기 시작했고, 그 결과 일행 중 몇몇이 피가 날만큼 상처를 입었다. 그러자 이쪽도 그들을 향해 들새 사냥용 산탄을 쏘았다. 아마도 한 사 람이 상처를 입은 것 같았다. 이로 인해 잠시 공격이 잦아들었으나 조 선인들은 동료들이 안 보일 때까지 돌을 계속 던져댔다.

다음날 아침 일찍 대형쾌속정 1척과 컷터선이 무장한 일행을 태우 고 사건이 일어났던 장소로 향했다. 마을 사람들은 전부 부인과 재산 을 챙겨 멀리 도망가고 없었고, 노인들만이 남아 있었다. 노인들만이 라도 필요했다. 그들에게 벌어진 사건의 해명을 요구했다. 그들은 절 을 하면서 설명하기를 몇 명의 못된 녀석들이 군중을 선동하여 폭동 을 일으킨 것으로, 늙은 그들로서는 못된 녀석들을 진압할 수가 없었 다는 것이다. 그러면서 자신들을 처벌하지 말아달라고 간청하며 "자식 이 저지른 일에 부모의 책임은 없다"는 등의 말을 했다. 노인들은 "범 인들은 상처를 입었으며 그중의 한 사람은 치명적인 것 같다"며 이것 으로 그들은 이미 벌을 받은 거라는 말을 덧붙였다. 그들을 어찌할 수도 없었다. 그러나 사건내용을 설명한 문서를 조선의 수도로 보내기 위해 우리가 머무르고 있는 이곳의 제일 높은 직위에 있는 자에게 전달해야만 했다.

오늘 낮 1시가 넘어서야 닻을 올렸고 지금은 부드럽게 바다를 향해 나아가고 있다. 달밤이지만 추운 게 꼭 러시아에 있는 것 같다.

나는 우리 일행이 상세하게 기록한 뒤 지금 막 떠나온 항만에 고(故) 라자레프 제독에게 경의를 표하기 위하여 그의 이름을 부여했던 사실을 말한다면서 잊어버렸다.

5월 5일 '일본해와 조선해안.' 우리들은 오늘에야 겨우 위도 41도 지점에 다다랐다. 그러자 갑자기 불어온 순풍이 우리들을 밀어준다. 계속 해안에 접근해서 전진하고 있는 중이다. 기록도 계속되고 있다. 조선은 43도 지점으로 끝이 난다. 거기서부터 만주해안이 시작된다. 오늘 바다를 떠다니던 배에 타고 있던 조선인 무리들이 또 전함으로 몰려왔다. 나는 밖으로 나가지 않았으나 그 대신 2-3명의 덥수룩하고 거무스름하고 누런빛의 얼굴이 내 선실을 들여다보았다. 그 괴음과 소음이란! 우리 400명의 선원 전원이 움직인다 해도 위에서 그와 같은 소음이 나지는 않는다. 어떤 조선인이 포시에트의 은제 숟가락을 훔쳐 자기의 넓은 바지 속에 숨겼다. 숟가락을 빼앗고 도둑놈의 머리다발을 붙잡아 선실 밖으로 끌어냈다.

점심을 먹은 후에 나는 우리가 스쳐지나간 해안을 바라보았다. 전부가 현무암인 가파르고 험한 절벽이 엄청난 규모로 겹겹이 솟아 있다. 험하고 가파르다. 저기서 조난을 당하는 선원들에게는 슬픔뿐 구조의 희망은 없다. 가령 해안까지 도달한다 하더라도 그 절벽으로 기어오를 수는 없을 터인데, 이는 미끄럽고 곧추 선 절벽밖에 없기 때문이다. 그 어디에도 인가와 숲은 보이지 않는다. 파리한 나무들이 산마루의 급한 능선 여기저기를 덮고 있다. 해안이 갑작스레 서쪽으로 굽어 있었기에 우리들도 그 휘어진 해안을 따라 진로를 잡았다. 얼마 안 있으면 만주와 국경을 접하고 있는 따만(Taman), 혹은 쭈멘(Tjui-Men)인지 따이멘(Tai-Men)인지 하는 강[74]을 만나게 될 것이다.

두어 시간 전인 자정쯤에 선장이 '고래의 숨소리'를 들려주겠다고 갑자기 나를 후갑판으로 불렀다. 나는 잠시 들어보고는 "삭구의 삐걱대는 소리 말고는 아무 소리도 들리지 않는군요"라고 말했다. "기다려 보세요, 기다려 봐요……들립니까?"하고 그가 말했다. "정말이지 아무 소리도 안 들립니다. 이건 마닐라 산(産) 풀로 엮은 삭구가 음악이랑 같이……" 그러나 그 순간 돌연 선미 바로 밑에서 낮고 굵으며 무게 있는 숨소리가 계속해서 들려왔는데 이는 마치 증기기관차가 우리 옆에서 달리고 있는 것 같았다. "어떻습니까, 들리시죠?"하고 선장이 말했다. "네, 그런데 과연 이것이 고래일까요?……" 갑자기 숨소리가 한층 강하게 바로 우리 발밑에서 울렸다. "이게 도대체 뭘까, 혹시 자네 모르는가?"라고 바로 옆에 서 있던, 내가 총애하는 신호수(信號手) 표도로프에게 물었다. "이건 고래가 아닙니다"라고 대답하면서 그는 "이건 다 물귀신입니다. 여기에는 물귀신이 많이 살고 있지요"라고 덧붙이고는 심연을 향해서 무시하듯 손을 흔들며 등을 돌리더니 그 자신은 고래보다 약간 가벼운 정도의 한숨을 내쉬었다.

5월 9일 마침내 국경의 두만강을 찾았다. 우리들은 그곳에서 6마일 정도 떨어진 곳에 정박했다. 동료들은 어제 하루 종일 그 강을 측량하고 기록하기 위해 다녀왔다. 그 강은 폭이 2.5베르스타(약 2.7㎞)나 되는 넓은 강으로, 편리한 항로를 가지고 있다고 한다. 물론

---

74) 두만강을 말한다.

여러분은 이 부근의 기록 작성에 열심히 참여했던 나의 동료 페슈츄로프가 저 벽 너머에서 만들고 있는 조선의 해안과 강에 대한 자세하고도 전문적인 기록75)을 시간이 지나면 탐독하게 될 것이다. 나는 여러분에게 컴퍼스와 자에 의해 검토되지 않은 전반적이고 표면적인 견해들만을 전달하기로 하겠다.

오늘 아니면 내일 우리들은 기쁜 마음으로 조선과 작별하게 된다. 벌써 동료들은 조선의 대안(對岸)에 서 있는 국경 경비대를 보았다. 이제부터 만주가 시작되는데 이 해안은 라 페루즈76)가 조사한 바 있다.

조선에 대해서 누가 무엇을 얼마만큼이나 알고 있는가? 중국인만이 그들과 부분적으로 교류를 하고 있다. 즉, 중국은 조선으로부터 매년 공물을 받고 있는 것이다. 그리고 일본인도 그들과 소규모의 상거래를 하고 있다. 이것 말고도 이아킨프 신부77)가 몽고와 기타 지역

---

75) 이렇게 완성한 페슈츄로프의 논문 "조선반도 동해안 기록"(Opisanie vostochnogo berega poluostrova Korei)은 1855년 저자의 이름을 밝히지 않은 채 「해양선집」 제1호에 실렸다. 같은 해 동지(同志) 4호에 실린 두 번째 논문인 "조선반도 지도"(Karta poluostrova Korei)는 그의 이름과 함께 실렸다.

76) 라 페루즈(comte de Ra Pérouse, 1741-1788): 프랑스 군인이자 해양탐험가로 라 페루즈 해협의 발견자이다. 7년 전쟁(1756-1763) 당시에는 대영항쟁에 참전했으며 1785-1788년에 루이 16세의 명령으로 정부파견의 탐험대장이 되어 태평양 해역을 탐험하였다. 목적은 지리적 탐험과 태평양에서의 여러 북서항로의 발견이었다. 1785년 8월 배 2척을 인술하고 브레스트항(港)을 출범하여 북쪽으로는 알래스카와 캄차카반도 연안, 동쪽으로는 캘리포니아 연안, 서쪽으로는 동해·연해주 연안을 포함한 일본 근해, 필리핀제도·마카오·하와이제도에 이르는 태평양의 광대한 해역을 탐험하였다. 이때 조선해협을 지나면서 조선이 섬이 아니라는 사실을 발견하고, 울릉도를 다줄레(Dagelet)라고 명명하고 그 옆의 독도를 부솔도(Boussole)라고 명명하였다.

77) 이아킨프(B. Ioakinf, N. Ja. Bichurin, 1777-1853): 러시아 중국학자. 1809년부터 1820년까지 러시아정교회 북경전도단 본부장으로

에 관한 만주의 통계자료집 제2부에서 자오선 8도상에 자리잡고 있
는 이 땅에 대해서 한 이야기들을 읽어보자.[78]

조선국 또는 차오샨(Chao-shjan)은 트로이인과 초기 희랍인이
살았던 시대에 형성되었다. 이곳에서는 그들 자신의 『일리아드』가 연
출되었으므로 아이아스,[79] 헥토르,[80] 아킬레스[81] 등도 있다. 따라서
호머를 모방해야 할 일은 절대로 없을 것이다. 나는 조선인이 얼마나
열심히 시를 쓰는가에 대해서는 이미 이야기한 바 있다. 심지어 조선

재직하였으나 일시적으로 교직을 박탈당하여 발람섬으로 유배되기도 했
다. 1826년부터 외무성에서 중국어 통역관으로 일했다. 그는 19세기
전반 러시아 최고의 중국학자로 방대한 저서를 남겼으며 뿐만 아니라
러시아 조선학의 시조이기도 하다. 그가 저술한 많은 저작 가운데 조선
에 관한 것은 『청제국의 통계학적 기술』(Staticheskoe opisanie
Kitaiskoj imperii, 1842)과 『고대 중앙아시아 민족들에 관한 자료
집성』(Sobranie svedenij o narodakh, obitavshikh v Srednej
Azii v drevnie vremena, 1851) 등을 들 수 있다. 조선연구를 위
해 당시 조선 측의 1차 자료 수집이 불가능하였으므로 그는 주로 중국
측의 사료인 『사기(史記)』, 『한서(漢書)』, 『후한서(後漢書)』, 『당서
(唐書)』 등의 정사(正史)와 청나라 시대에 발간된 『대청일통지(大清一
統誌)』 등을 참조하여 조선에 대해 기술했다. 그는 북경 아라사관(我羅
斯館)에서 러시아력 1821년 4월 8일(순조 21년) 우리나라 사신의 수
행원인 이유호(Li Yu-Hou)와 만났으며 또한 그 전에 그의 아들과도
만난 적이 있었다고 한다. 곤차로프의 조선에 관한 학문적 지식은 주로
이아킨프에 의존하고 있다고 할 수 있다.

78) 이아킨프 신부의 『청제국의 통계학적 기술(1842)』 2부 14장(pp.250-263)
에 간략하게 소개된 조선의 왕조 부분을 의미한다.
79) 아이아스(Ajax): 호머의 대서사시 『일리아드』에 나오는 그리스인으로,
아킬레스 다음가는 용장이었다.
80) 헥토르(Hektor): 호머의 대서사시 『일리아드』에 나오는 트로이군의 총
사령관이었다. 전투에서 아킬레스에 의해 죽임을 당한다.
81) 아킬레스(Achilles): 호머의 대서사시 『일리아드』에 나오는 그리스인
으로, 트로이 전쟁의 용사였다. 그는 불사신이었으나 발꿈치에 약점을
가지고 있었다.

국의 한 여왕은 이웃나라 영토를 점령한 뒤 직접 이 사건을 찬양하는 송시를 지어 중국 황제의 궁궐로 보냈다고 한다. 그리고 중국 황제는 이 시를 받고서 '대단히 만족스러워했다'고 이아킨프 신부는 쓰고 있다.[82] 그렇더라도 이 땅의 아가멤논[83]이나 헥토르들의 이름은 우리 시와는 전혀 어울리지 않았을 것이다. 다음과 같은 이름을 한번 들어보시라. 베이-만(Vei-Man),[84] 치츠이(Tsi Tszy),[85] 웨이 유 추이(Vei jo tsjuy)[86] 등등. 일리온[87]과 같은 도시는 핑샹[88]이라 불렸다.

그러나 이 모두가 조선사의 암흑시대에 속한다. 이 나라의 역사는 기원전 3세기부터 분명히 드러나기 시작한다. 조선에 살았던 원시인들은 시베리아인들이 퉁구스인이라 부르는 만주인과 같은 종족이었다.[89] 여기에 중국계가 합쳐졌다. 기원후 퉁구스인 중 하나였던 가오

---

82) 신라 진덕여왕 4년(650년). 왕이 태평송(太平頌)을 지어 친히 비단에 수놓아 김춘추의 아들 법민(法敏)으로 하여금 당나라 고종황제에게 보낸 사실을 말한다. 이아킨프 신부의 『청제국의 통계학적 기술』 2부 14장 262쪽에 기록되어 있다. 본문의 '따옴표 문장은 저자로부터의 직접 인용을 곤차로프가 표시한 것이다.

83) 아가멤논(Agamemnon): 호머의 대서사시 『일리아드』에 나오는 그리스인으로, 트로이 전쟁 당시 그리스 군의 총사령관이었다.

84) 위만조선(衛滿朝鮮)의 창건자 위만(衛滿)을 말한다.

85) 고조선시대 전설상의 기자조선(箕子朝鮮)의 시조인 기자(箕子)를 말한다.

86) 고조선의 마지막 왕이자 위만의 손자이기도 한 우거왕(右渠王)을 말한다.

87) 일리온(Ilion): 트로이 왕국의 그리스식 명칭이다.

88) 평양을 말한다.

89) 「모스크바 전보」(Moskovsky telegraph)에 실린 "몽고 역사를 논한 이아킨프 비추린의 서적에 관한 클라프로트의 지적에 부치는 답변"(Otvet g-nu Klaprotu na zamechanija kasatel'no knig, izdannykh Iakinfom Bichurinom i otnosjashchikhsja k istorii mongolov)이란 글에서 조선민족의 기원에 관하여 이아킨프는 다음과 같이 쓰고 있다. "조선인으로 말하자면 그들은 퉁구스족과 중국 이민족의 혼혈로 생겨났으며 교대로 중국인과 퉁구스족, 몽고족의 지배하에 처하면서 개별

가 자신의 왕국 가오리90)를 일으켰다.

이아킨프 신부 말에 의하면 유럽인들이 교묘하게 이 가오리에서 코리아를 고안해 냈다는 것이다. 이는 아주 그럴 듯한 이야기이다. 지금도 일본인, 카나키족(샌드위치 군도), 그리고 유구인을 포함한 동해의 많은 섬의 주민들은 L을 R로 교체한다. 어떤 사람들은 일본식, 중국식 마을을 Li(里)라고 부르며 또 어떤 사람들은 Ri라고 부르고 있다. 어떤 사람들은 유구열도를 Liu-kiu라고 부르는가 하면, 또 어떤 사람은 Riu-kiu라 부르고, 그리고 끝으로, 또 다른 사람은 Ru-ku라 부르고 있다. 대다수가 Honolulu를 Honoruru라고 부르고 쓴다. 사정이 이러하니 가오리를 고리(Ko-Ri)로 바꾸면 안 될 이유가 전혀 없다. 그리고 이 변형의 책임자는 유럽인이 아니라 조선인 자신이다. 내가 그들 앞에서 '코레아'라고 발음했을 때 그들은 입을 모아 "고리, 고리"라고 되풀이했다. 그러면서 곧바로 아바쿰 신부를 통해서 이것이 그들의 고대 왕가의 이름이라는 설명을 전해 왔다. 그러므로 유럽인이 바꾼 거라고는 기껏해야 고리를 코레아로 만든 것뿐이다. 그러고도 또 더 만들 것이 많이 남아 있을지 모르겠다.

가오리 왕조의 건설과 더불어 운명은 중국인, 일본인, 그리고 몽고인의 모습으로 그들을 희롱하기 시작했다. 즉 정복하고, 파괴하고, 옛 왕조를 멸망시키고 새로운 왕조를 내세우는 과정이 계속된다. 조선의 왕들은 운명과 싸우기 위한 힘을 충분하게 갖고 있지 못했기 때문에 강국인 중국에 자발적으로 항복하는 방법을 택했다. 중국은 조선을 자신의 영토로 편입하기도 하였고, 그러다가 양심의 가책을 받

적이고 독립적인 민족을 구성하지 못했다."「모스크바 통신」, 1831. 39부. No.9. p.85.
90) 원문의 'Gao'는 고주몽을, 'Gao-Li'는 고구려를 말한다.

을 때는 다시 조선의 독립을 부활시켜 주기도 하였다. 5세기에 몽고인들이 중국으로 밀려들어 왔을 때 조선인들은 그들에게도 굴복했다. 아주 가끔 그들은 불쑥 모욕감을 느끼고는 중국으로부터 벗어나고자 하지만 이는 오래가지 않았다. 중국인이 그들을 정복하든가 아니면 그들 스스로 다시 중국의 후견을 요청했었다.

이와 같은 순종적인 태도와 중국을 어른으로 인정하고 있음에 대한 보답으로 중국인들은 납공자(納貢者)들에게 자기들의 지식을 선사했는데 그 일부분이 언어이다. 그리하여 조선인들은 당사자인 중국인들보다 더 낫게 그리고 더 박식하게 쓰기도 한다. 더 간단하게 말하면, 자신들의 언어처럼 쓴다. 나는 그들의 책을 본 적이 있는데 글자가 중국의 것처럼 구불구불하거나 복잡하지가 않다. 이 밖에 중국인들은 그들에게 자기 나라의 공산품과 시작법(詩作法)기술을 선물했다. 때때로 중국인은 조선인의 보호자임을 자처하면서 한편으로는 몽고인과 퉁구스인이 그들로부터 공물을 뜯어내고 있는데도 이를 저지하려고 하지 않았던 일조차 있다. 마침내 14세기 초에 이씨 가문이 왕위에 올랐으며 이 이씨왕조는 중국을 지배하고 있는 만주왕조(청나라)에 공물을 바치거나 선물을 보내면서 오늘날까지도 조선을 통치하고 있다.

조선은 8개의 지방, 또는 이아킨프 신부의 말에 따르면 '도로(道路)'[91]로 나뉘어 있다. 그 명칭들로 인해 여러분의 청력이 상하지 않도록 하겠다. 대신 만약 관심이 있으시다면 유명한 중국학자의 저서를 친히 들여다보시기 바란다. 무슨 새소리처럼 들리는 명칭들을 잔글씨로 빼곡히 적어 넣은 페이지들과 우리에게는 이름만 알려진 이

---

91) 이아킨프 신부의 『청제국의 통계학적 기술』 2부. p.258에서 곤차로프가 직접 인용하였다("현재 조선왕국은 도로(다오Dao)라는 이름 아래 8개의 주로 분할되어 있다").

변방에 관한 인종학적, 지리학적, 인문학적 정보들로 가득 찬 페이지들을 읽어나가자니 학자-신부님의 맹렬한 지식욕과 크나큰 인내력 앞에 마음이 절로 경건해진다. 그리고 앞서 인용한 조선에 대한 단편적 지식들을 조심스럽게 훔쳐오게 된 것은 다 여러분을 위해서이다. 어쩌면 당신은 이것으로 만족하여 그 이름들의 미로 속으로 스스로 가보려 하지 않을지도 모른다. 당신은 언제 가보시렵니까? 혹 가게 되신다면 모쪼록, 어제 본 오페라의 감상이 사라져버리지 않도록 주의하시길 바란다.

〈이상이 『전함 '팔라다'호』에 기록된 조선여행기이다. 이후 '팔라다'호가 시베리아로 북상하면서 그 지역에 살고 있는 길랴크족(시베리아 흑룡강 일대에 살고 있는 몽골계의 토인족)을 만난 일화가 간략하게 소개되며 다음과 같은 짤막한 작가의 감상으로 2부 6장이 끝이 난다. 이것이 약 2년 반에 걸친 '팔라다'호 탐사여행을 마감하는 항해기의 마지막 구절이 되었는데, 이는 이후 곤차로프가 해로를 통해 고국으로 돌아가는 대신 육로를 택해 귀환했기 때문이다. 향수를 느끼는 지친 여행자의 심경과 긴 시간 함께 했던 전함에 대한 애정이 느껴지는 대목이라 번역·첨부하였다. - 역자〉

그렇지만 여행도 거의 끝나가고 있다. 먼 항해를 치료받기 위해서는 뭍에 올라야 한다는 생각이 든다. 아직도 얼마간의 시간이 남았다. 일주일 그리고 또 일주일이 지나면 나는 고국 해안에 발을 디디게 된다. Dahin! Dahin![92] 그렇지만 여러분들을 곧바로 만날 수는 없을 것이다. 나는 시베리아를 통해서 가야 하는데 이 길은 광활하고 안전하며 편안하기는 하나 아주 길고 긴 여행이 될 것이다! 그런데 시베리아

---

92) 그곳으로! 그곳으로!(독일어).

는 손님을 환대하는 지역이며 멋진 곳이기도 하므로 눈과 귀를 반쯤 닫은 채 급행을 타고 지나쳐 갈 수 있을 것 같지가 않다. 여러분들에게 거기서 한 번 이상 편지를 쓰게 되리란 걸 예견할 수 있다.

그런데 사람은 참 이상하게도 만들어져 있다. 뭍에 오르고 싶지만, 또 동시에 전함을 떠나는 것도 아쉽다니! 이 배가 얼마나 멋지고 고상한지, 그리고 이 배에 타고 있는 사람들이 어떤 이들인지를 여러분이 알게 된다면, 내가 마지못해 팔라다호를 떠난다는 사실에 그다지 놀라지 않을 것이다.

И. А. Гончаров

I. A. 곤차로프 초상(판화). 1873년.

ФРЕГАТЪ

ПАЛЛАДА

ОЧЕРКИ ПУТЕШЕСТВІЯ

Ивана Гончарова

ВЪ ДВУХЪ ТОМАХЪ

———

ТОМЪ ПЕРВЫЙ

———

ИЗДАНІЕ А. И. ГЛАЗУНОВА

❦

С.-ПЕТЕРБУРГЪ
—
1858

『전함 '팔라다'호』 초판 단행본 표지(페테르부르크, 1858)

2. 프르제발스키의 여행기

『우수리 지방 여행. 1867~1869』
4장 4부 〈조선인〉

2. 프르제발스키의 여행기 ─────────

『우수리 지방 여행. 1867~1869』
4장 4부 〈조선인〉

    최근 극동아시아에서 일어난 특기할 만한 현상들 중에서 짚고 넘어가야 할 것은 조선인들이 러시아 영토로 이주하여 이곳에서 새로운 거주지를 형성해 나가고 있다는 점이다. 조선반도의 조밀한 인구밀도로 인한 이 빈곤의 흔적, 국민들의 역량을 모조리 구속하는 조야한 전제주의, 그리고 마지막으로 풍요롭고 비옥한 미개척지가 풍부한 러시아 영토와 가깝다는 사실이 부동(不動)의 동양인들로 하여금 과거의 전설을 거부하게 할 만큼, 그리고 자신의 조국을 버리고 새로운 생활조건과 새로운 환경 속에서 보다 나은 편안한 삶을 추구하도록 할 만큼의 강한 원동력이 되었다.

    바로 이런 이유로 돌연 지난 과거와 완전히 결별해야 한다는 사실을 감당하지 못하겠다는 듯이 보였던 러시아 영토 가까이 살고 있는 조선인들이 이제는 조금씩이나마 러시아 영토로 이주할 준비가 되었음을 조심스럽게 공표하기 시작한 것이다.

이와 같은 통보는 러시아 측의 전적인 공감을 얻어 1863년에 러시아 측으로 이미 12가구가 이주해 온 바 있다.[1]

그 뒤로 이주는 매년 반복되었고 그리하여 오늘날 러시아 영토 내에 3개의 조선인촌이 조성되었으며 이는 다음과 같다. 지신허(地新墟), 얀치혜[煙秋], 시지미.[2] 거주민의 수는 남녀 합쳐 1,800여 명[3]

---

1) 역주) 한인의 러시아 이주는 1863년부터 시작되었다. 현재 한국과 러시아 학계에서는 무산의 최운보와 경흥의 양응범, 두 사람이 이끄는 함경도 농민 13가구가 1863년 월경(越境)을 엄금했던 국법을 어기고 목숨을 걸고 두만강을 건너 지신허에 정착한 것을 최초의 한인 이주로 간주하고 있다. 남 우수리 지역에 최초로 이주한 한인들에 대한 첫 번째 공식보고는 노브고로드 초소 대장인 레자노프가 연해주 군무지사인 카자케비치에게 보낸 1863년 11월 30일자(현재 서력으로 12월 13일자) 보고서이다. 1871년 러시아정부는 급격히 늘어난 이주민들로 인해 수용이 어려워진 지신허에서 다른 장소로 분산이주시키는 정책을 실시하게 된다. 1871년 1월의 통계에 따르면, 당시 남 우수리 일대에는 총 3750명의 한인들이 정착해 있었는데, 지신허 1200명, 연추 300명, 시지미 80명, 노브고로드만(灣) 120명, 포시에트만(목허우) 주변 150명, 수이푼 분지(추풍) 1200명, 나호트카스챤(수청) 500명, 그리고 러시아 마을에 200명이 거주하고 있었다.

2) 지신허는 포시에트만에 위치한 노브고로드 항구(지금의 포시에트: 동부 시베리아의 혼춘(琿春) 동남방 100㎞에 있는 항구도시-역자)에서 18베르스타(약 19㎞) 떨어진 곳에 위치하고 있으며 연추는 이 항구에서 14베르스타(약 15㎞) 떨어진 곳에, 그리고 시지미는 이 항구의 북쪽으로 80베르스타(약 85㎞) 떨어진 곳에 위치하고 있다. 이 세 마을은 이와 동일한 이름을 가진 해안가에 산재해 있다. 역주 1) 베르스타는 러시아 거리 단위로, 1베르스타는 약 1.06㎞이다. 역주 2) 지신허는 원래 중국식 명칭으로 계심하(鷄心河, 발음은 '지신허')라고 표기했던 강의 이름이다. 한자 뜻 그대로 해석하면 '닭의 심장부분에 해당하는 강'인데 어원이 분명치 않은 이 강 이름을 따 최초의 한인마을 이름을 지신허라 했고, 이후 한인들이 우리식 한자발음을 빌려서 '地信墟' '地新墟' '池新河'

에 이른다.

이주민들이 보여준 이와 같은 실례(實例)는 국경지방에 사는 조선인들에게 강력한 영향을 끼치고 있다. 그리하여 현재 러시아로 이주하고자 하는 이들의 수는 여전히 많다.

조선정부 측은 모든 수단을 강구하여 조선인의 이주를 중지시키고자 노력했고, 또 현재도 노력하고 있어 러시아 영토로 들어오는 데 성공한 조선인들조차 총살하는 등의 극히 엄격한 조치를 취한다.4) 그럼에도 불구하고 조선인들은 자신의 초가집5)을 버리고 있으며 국경에 위치한 두만강(고알리쟌 혹은 투멘쟌)을 밤에 몰래 헤엄쳐 건너오고 있다. 그렇게 강 건너편으로 갈 수만 있다면 종종 러시아 군인들의 엄호 아래 안전하게 노브고로드항(港)으로 갈 수도 있다. 조선정부가 러시아인과의 교류 일체를 피하고 있다는 사실은 죽음의 공포 속에서 살아가고 있는 국경도시 경흥6)의 주민들에게 이곳의 부사가 러시아인들에게는 그 어떤 것도 판매하지 못하도록, 단 한 명의 조선인

로 표기했던 것으로 추정된다. 지신허 강은 현재 비노그라드나야 강으로 명칭이 바뀌었다. 1863년 지신허촌이 생긴 이래로 1867년에 상얀치혜, 하얀치혜촌이, 1867년에 시지미촌이 생겼다. 시지미 강은 현재 시제미 강으로 표기한다. 한편, I. B. 비숍의 여행기 『조선과 그 이웃나라들(1897)』의 19장 〈시베리아에 사는 조선의 이주민들〉에 지신허와 얀치혜의 정경이 간략하게 묘사되어 있다.

3) 자세한 통계표는 부록을 참조하시오. 도표 참조.

4) 역주) 러시아로의 이주가 늘어나자, 조선정부는 한인의 이주를 방지하기 위해 1867년 유민방지책을 발표하였으나 이러한 방지책에도 불구하고 국내의 어려운 정치적·사회적·경제적 여건으로 연해주로의 이주는 계속 늘어만 갔다. 특히 1869년 기사흉년은 한인들의 급격한 러시아 이주의 원인이 되었다.

5) 역주) 저자는 한국의 초가집을 중국식의 오두막집을 가리키는 '판자(fanza)'로 부르고 있으나 본문에서는 모두 초가집으로 바꾸어 표기하였다.

6) 역주) 당시 명칭은 '의경부'로, 원문에는 'kygenpu'로 표기되어 있다.

도 러시아 국경수비대가 있는 강의 왼편으로 건너갈 수 없도록 명하고 있다는 점에서도 드러난다. 그러나 부사의 삼엄한 금지령에도 불구하고 경흥의 주민들은 강이 얼어 있는 겨울밤을 틈타 도강(渡江)하여 이곳 초소 군인들의 손님이 되고 있다.

조선의 촌락은 한 집에서 다른 집까지 약 100~300보 정도 떨어져 있는 초가집으로 조성되어 있다. 이 초가집은 그 외양이나 내부구조상 중국의 오두막과 차이가 없다. 단지 기혼자들이 사는 가옥 몇 채에만 배우자가 쓸 수 있도록 침상을 칸막이로 나누어 놓았을 뿐이다.

초가집들 사이의 공간에는 전답이 있는데 이렇게 부지런히 정성들여 경작된 조선인들의 전답은 중국인들의 것에 비해 결코 뒤지지 않는다.

모든 농사일은 암소와 수소가 담당한다. 그러나 쟁기는 완전히 바보 같은 기구여서 쟁기로 하는 노동은 짐승이나 사람 모두에게 힘겨운 것이다.

조선인이 제일 많이 경작하는 곡식은 조선인뿐만 아니라 중국인의 주요 식량인 수수이다. 그 다음으로는 콩, 팥, 보리를 심는다. 옥수수와 감자, 메밀, 대마와 담배의 재배량이 가장 적고, 그 밖에도 오이, 호박, 무, 상추, 붉은 고추 등의 야채를 재배한다.

조선인은 러시아 낫과 비슷하게 생긴 작은 낫으로 곡식을 베고, 그 다음에는 단으로 묶어 초가집 근처에 있는 특별한 탈곡장에서 나무방망이로 빻는다.

담배는 수확한 뒤에 건조하기 위해 처마 아래에 걸어두며, 여자들까지도 모두 담배를 피운다. 대마 가공을 위해서 그들은 우선 두 시간 정도 뜨거운 물에 가지만 넣고 삶는다. 그 후 섬유질로 된 껍질을 수작업으로 벗겨내야만 한다.

그 밖에도, 조선인은 중국인과 마찬가지로 참깨 기름(Sesamum orientale)을 만든다. 이를 위해 그들은 우선 씨를 맷돌에 간 뒤 그 안에 물을 조금 넣어 끓인다. 마지막으로 주머니에 넣어 무거운 돌 아래 놓아둔다. 기름은 물과 함께 밑에 받쳐둔 용기로 흘러나온다. 이 기름 맛은 해바라기씨 기름맛과 비슷하다.

곡물재배 외에 조선인은 가축사육도 하는데, 특히 일할 때 쓰기 위해 유각가축(有角家畜)을 기른다. 그들은 소유하고 있는 암소 젖을 절대로 짜지 않으며 중국인과 마찬가지로 우유를 전혀 마시지 않는다.

조선인 가정의 일상생활에서 조선인들, 즉 그들이 자신을 부를 때 쓰는 가우리[7]는 무척이나 더러운 중국의 만즈이[8]과 완전히 반대되는 근면과 특히 청결로 구별된다. 그들의 흰색 의상 자체가 이미 청결에 대한 애호를 보여준다.

남성의 평상복은 아주 폭이 넓은 소매가 달린 가운과 비슷하게 생긴 상의와 흰 바지, 그리고 나막신으로 구성되어 있다. 머리 위에는 넓은 챙과 좁은 꼭대기가 있는 검은 모자를 쓴다. 이 모자는 머리카락으로 그물을 만든 것과 같은 짜임으로 되어 있으며, 테두리 장식은 고래수염으로 만들었다. 이 밖에도 노인들은 언제나, 집에서조차도 머리카락으로 만든 특별한 타원형 모자를 쓰고 있다.

여성의 의상은 흰색의 짧은 상의와 역시 흰색으로 된 옆구리가 트인 치마로 구성되어 있다.

조선인은 중국인과 마찬가지로 머리카락을 자르지 않고 그것을 한 더미로 모아 머리 위로 올려 그 위에 기둥 모양으로 엮어놓는다. 여

---

7) 역주) 원문의 'Kauli'는 고구려 또는 고려를 지칭하는바, 당시 한인들이 스스로를 '고구려인'이나 '고려인'으로 칭했음을 알 수 있다.
8) 역주) 우수리 지역에 사는 만주와 몽고 계통의 중국인을 말한다.

성도 마찬가지로 머리카락을 머리 주위에 둥글게 휘감아서 그 자리에 묶어놓는다. 일반적으로 머리채를 아름답게 꾸미는 일은 멋 부리기의 기본으로, 머리숱을 적게 타고난 멋쟁이 여성은 가짜로 딴 머리를 붙이고 다닌다. 조선인의 가모(假毛) 제조 솜씨는 최고의 완벽한 수준에 도달해 있다.

전반적으로 조선인의 용모는 보기 좋은 편이다. 비록 그들의 체격이, 특히 여성의 경우 균형 잡힌 체격이라고 하기는 어렵지만 말이다. 그중 가장 눈길을 끄는 것은 매우 좁고 짓눌린 듯한 가슴이다. 조선인의 얼굴은 대부분 둥글고, 특히 여성들은 얼굴이 희며, 남성이나 여성 모두 머리색은 갈색이다.

남성은 수염을 기르고 있으나 그 수염은 별로 풍성하지도 않은 데다 수염을 기른 이들이 드물기도 하다. 남성의 신장은 대다수가 중간 정도의 키로, 여성의 신장은 그보다 더 작다. 여성은 러시아에서 보통 그러하듯이 아기를 품에 안아서 데리고 다니는 것이 아니라, 허리춤 근처 등 위에 올려 수건으로 묶고 다닌다.

놀라운 점은 조선인 여성에게는 이름이 없으며 대신 친족관계에 따라 불리고 있다는 사실이다. 예를 들어 어머니, 이모, 할머니 등으로 불린다. 남성의 경우, 처음에는 성을 먼저 쓰고 말하며 그 다음에 이름이 온다.

조선 남성은 아내를 한 명만 둘 수 있는데 이 법률은 엄격하게 준수되지 않고 있어 부자들은 종종 아내 셋을 두기도 한다.

조선의 국왕인 '나랏님' 또는 '나라'는 아내가 아홉이며, 경복궁9)에 살고 있다. 이 궁궐에서 국가의 수도(首都)인 서울 또는 '샤울'요새로

---

9) 역주) 원문에는 'Pukhan'으로 표기되어 있는데 경복궁일 가능성이 높다.

이어지는 지하통로가 있다. 조선은 중국 황제의 막내아우로 취급되며, 중국으로부터 완전히 독립한 상태이다. 그럼에도 불구하고 예로부터 행해진 관습에 따라 조선은 일 년에 한 번씩 북경으로 선물을 보내고 있으며 그 보답으로 새 달력을 받는다.

신하들은 왕 앞에 모습을 보일 때 모두 땅에 넙죽 엎드려야 한다. 이 관습은 관리들을 대할 때, 특히 관직이 높은 관리를 대하는 평민들 사이에서도 엄격하게 지켜지고 있다.

전제주의는 조선인들 사이에 널리 퍼져 극단적인 단계에 이르렀을 뿐 아니라 정부기관 각처에 다 스며들어 있다. 관리는 그 모습 자체만으로도 보통 사람을 두려움에 떨게 만든다. 러시아 측에서 어떤 임무를 맡은 장교가 국경도시인 경흥으로 파견되었을 때 그와 동행한 조선인 통역관이 러시아로 이주해 온 자였다. 그는 현재 이전의 상관으로부터 벗어나 전적으로 안전한 상태에 처해 있었음에도 불구하고 상관을 보자마자 나뭇잎처럼 떨었다. 이는 상관 앞에서 느끼게 마련인 기존의 근원적인 공포감이 여전히 남아 있기 때문이다.

조선에는 도시와 시골 모두에 아이들이 조선어를 배우는 학교가 있다. 그보다 더 재능이 있는 사람들은 그 위에 한문까지 배운다. 한문은 중국과의 모든 고급 외교문서를 작성하는 데 쓰이는 언어이다.[10]

---

10) 그밖에도, 팔라디이 신부의 말에 따르면 한문은 조선정부의 입법부와 행정부 문서에서도 사용된다고 한다(「지리학회 소식지 Izvestija geograficheskogo obshchestva」, 1870. 6권. No.11. p.20).
    역주) 팔라디이 신부(The Archimandrite Palladius, P. I. Kafarov: 1817-1878): 러시아의 신학자이자 중국학자. 성 페테르부르크에서 신학을 공부하고 1840년 러시아정교회 북경전도단의 일원으로 베이징에 입국하였다. 귀국하여 성 페테르부르크 신학교 교장을 역임한 뒤 1849-1859년에 2차, 1865년에 3차로 중국을 방문하였다. 1870-1871년에는 러시아 지리학회가 주관하는 고고인류학 탐사대의 일원으로 우수

조선인들의 정신세계 속에는 최상의 존재, 영혼과 사후의 생에 대한 관념이 존재한다. 그들은 신을 '부처님'으로, 영혼을 '한'11)으로, 그리고 하늘이나 천국은 '하늘'이라고 부른다.

조선의 고유 종교는 두 가지인데 이는 불교와 샤머니즘이다. 샤머니즘은 여러 신과 영웅을 숭배하는 종교로, 남성뿐 아니라 여성도 이 종교의 성직자(샤만)가 될 수 있으며, 특히나 여성들이 더 적합하기까지 하다. 샤머니즘의 신으로는 특별한 우상으로 받들어지는 이런저런 신들이 있는데 일반적으로 이들은 여러 가지 재난을 쫓아내는 힘을 가졌다는 점으로 유명하다. 조선인은 이와 같은 능력을 전적으로 믿고 있다.12)

놀라운 건, 조선인이 구약에서 차용한 듯한 노아의 방주와 모세에 관한 이야기13) 등의 전설을 보존하고 있다는 사실이다.

지신허에 머물던 어느 날 우연히 고인의 추도식을 보게 되었다. 이 의식은 다음과 같은 순서로 진행된다. 추도식이 거행되는 초가집에 도착하자 조선인들이 모두 안뜰에 깔아놓은 짚 위에 앉으라고 내게

리 지역을 탐사하였다. 『중로사전(中露辭典)』 편찬 작업에 참여하였으며 중국의 고서들을 번역하고 중국 종교에 관한 저서를 집필했다. 중국과 그 주변 민족들 간의 관계, 특히 중-노 관계사 연구에 천착하였다. 저서로는 『징기스칸에 관한 몽고 설화』(Starinnoe mongolskoe skazanie o Chingiskhane, 1866) 등이 있다. 1878년에 은퇴하여 귀국하는 도중 마르세이유에서 사망하였다.
11) 역주) 원문에는 'khani'로 표기되어 있어 '한'으로 옮겼으나 저자가 '혼'을 '한'으로 혼동하여 잘못 표기한 듯하다.
12) 팔라디이 승원관장의 보고서(「지리학회 소식」, 1870. 6권. No.11. p.22)
13) 팔라디이 신부는 이와 같은 전설이 예전에 조선의 북부 지방에 살았던 상당수의 조선인 기독교도들의 말에 의거해 볼 때, 이 나라에 널리 퍼져 있는 이야기인 것 같다고 언급한다(같은 책, p.22).

청했고, 이와 동시에 도자기 접시 위에 얇게 저민 돼지고기와 마른 생선이 담긴 조그만 나무 걸상을 내 앞에 가져다 놓았다. 그때 내게 누군가가 가장 달콤한 음료수-따뜻하게 데운 꿀이 든 보드카-를 권하길래 일부러 한 모금 마셔보았는데 너무나도 비위가 상했다. 그 사이 본격적인 추도식이 시작되었다. 이를 위해 우선 몇 조각으로 나눠진 개가죽을 가져와 안뜰에 깔았다. 거기 있던 사람들 중 두세 명이 그 위에 넙죽 엎드리고는 무언가 소곤소곤대는 소리로 중얼거렸다.

그러자 바로 그때 고인이 된 어머니의 추도식을 진행하던 아들 둘이 엎드린 사람 주위에 서서 가장 슬픈 목소리로 나지막이 읊조렸다.

한 삼 분 정도 엎드려 있은 뒤에 조객이 일어나자 새로 온 손님이 그 자리를 대신했으며, 거기서 조금 떨어진 곳으로 가 앉은 조객들은 거의 다 웅크리고 앉았다. 그러면 그들에게 돼지고기와 생선을 내주었고 그들도 나와 마찬가지로 보드카를 한 잔씩 마셨다. 이 술잔은 그곳에 있던 사람들 전부에게 몇 차례씩 돌아갔으며, 그들은 음식을 먹을 때와 음료를 마시는 시간 사이의 휴지부에는 서로 서로 절을 하며 조용히 무언가를 중얼거렸다. 나중에 온 사람들도 모두 이 의식을 계속해 나갔으며, 지신허의 촌장이자 기독교 신자인 나의 동행인조차도 이 의식을 거행해야만 했다. 여인들은 남자들과 별도로 초가집 안-게다가 창문이 가득 걸려 있는-에 있었는데, 의식이 진행될 동안 그 안에서 슬프게 노래했다.

추도식에 참석한 이들은 전부 평상복인 흰색 의상을 입고 머리에는 넓은 챙이 있는 검은 모자를 쓰고 있었으며, 고인이 된 어머니의 두 아들만 회색 옷을 입고 검은 모자 대신 고깔처럼 생긴 회색 모자를 쓰고 있었다. 이와 같은 의상은 상복의 증표로 간주되며, 조선인의 법도에 따르면 상복은 반드시 3년간 입어야 한다. 추도식은 러시아와 마찬가지로 일 년에 한 번, 사망일에 거행되며 아침부터 한밤중까지 계속된다. 조선인의 축일은 무척 적은 편인데, 다 해봐야 일 년에 네 번이며 그중에서 단 한 번만 3일간 계속 쉬고 나머지 축일에는 단 하루만 쉰다.

러시아 측으로 이주한 조선인 몇몇이 정교회 신앙을 받아들여 현재 지신허에는 촌장을 포함하여 남녀 기독교도들이 십여 명 된다. 그의 이전 성과 이름은 최운국이었는데 지금은 표트르 세묘노프이다. 새로운 이름과 부칭(父稱)14)은 자신의 대부가 되어준 러시아 병사들 중 한 명의 이름을 따라 지은 것이다.

촌장이란 사람은 48살 된 중년의 남자로, 잘은 못하지만 러시아어로 말을 할 줄 알며 조선어 외에 중국어도 몇 마디 알고 있다. 그는 러시아식 외투를 입고 다니며 러시아식으로 깎은 머리를 하고 있는데 자신의 초가집에 커다란 러시아식 농가를 지어놓기까지 하였다. 이 사람의 호기심은 아주 대단한 것이어서, 모스크바와 페테르부르크에 가보고 싶다는 자신의 소망을 내게 여러 차례 피력한 바 있다. 그리고 촌장은 매사에 협조적이며 정직한 사람이기도 하다. 내가 지신허에 머물렀던 이틀 내내 그는 내 곁에서 떨어지지 않았고 어디든 나와 함께 다녔으며 함께 이야기를 나누었다. 그래서 그와 헤어질 때 내가 수고한 대가로 그에게 돈을 내밀었더니 그는 한동안 돈을 받지 않으려고 했으나 결국에는 내가 강요하자 그때서야 받았다.

싹싹함, 예의바름, 근면함은 내가 겪어본 바에 의하면 조선인이 가진 성격의 특징적인 측면이다.

---

14) 역주) 러시아에는 이름과 성 외에도 부칭(父稱)이 있는데, 이는 아버지의 이름에 따라서 만들어진다. 예를 들어 아버지의 이름이 '세묜'이면 아들의 부칭은 '세묘노프'가 되며, 이는 세묜의 아들이라는 의미를 갖는다.

앞서 서술한 사항들 외에 나는 조선인으로부터 그들의 조국에 대해 거의 알아낸 것이 없었는데, 이는 일면 훌륭한 통역관이 없었기 때문이기도 하거니와, 또한 조선인들조차도 멀리 떨어진 조국의 고장에 대해서는 거의 아는 바가 없었기 때문이기도 하다. 그렇지만 내게 알려준 이야기들은 몹시 흥미를 불러일으켰으므로 나는 그 이야기들을 들은 그대로 전달할 터이나 그 진위에 대해서는 책임지지 않으련다.

백두산은 사계절 내내 눈으로 덮여 있지 않고 단지 겨울, 봄, 가을에만 눈으로 덮여 있으며 여름에는 가장 높은 봉우리의 눈도 녹는다는 조선인들의 이야기로 시작하겠다.

산맥을 덮고 있는 울창한 숲 속에는 조선의 다른 고장에서 볼 수 없는 흑담비가 산다.

산의 고지대에는 주변 약 5베르스타(약 5.3㎞) 정도 되는 호수가 있으며, 거기서부터 세 개의 강이 흘러나온다. 북쪽으로 흘러가는 송화강과 동쪽으로 흘러가는 두만강, 황해와 합류되며 만주와 조선의 경계가 되는 서쪽(얄루짠 강)으로 흘러가는 압록강이 그것이다. 이 호수와 관련하여 더욱 놀라운 사실은 그 해안가에 나무처럼 가벼워 물 위에 뜬 채 흐르는 강물을 따라 떠내려가는 돌들이 많이 있다는 것이다.

나는 이와 같은 이야기를 조선인들뿐만 아니라 닌구타 시(市, 백두산 기슭에 위치)에서 오랫동안 살아서 이와 같은 현상에 대해 아주 잘 알고 있는 한 중국인에게서도 들었다. 만일 이와 같은 진술이 틀림없다면 앞서 언급한 돌은 화산작용으로 생긴 경석이 아니고 무엇이겠는가. 이건 아주 흥미진진한 이야기다.

마지막으로, 조선인들이 말하기를, 백두산의 남쪽 경사면에 조선과 만주로부터 독립되어 있으며 자신의 독립을 굳건히 수호하고 있는 특이한 고산족[레이-탄기(ley-tangi)]이 산다고 한다.

타민족의 거주에 관한 장을 마치면서 내가 1867년 10월, 조선의 국경도시 경흥을 방문했던 이야기를 싣는 것이 적절하다고 여겨지는 바이다.

이 도시는 노브고로드항에서 25베르스타(약 27㎞) 떨어진 곳에 위치하고 있으며, 여기서는 그 폭이 약 100사젠(200m)[15] 정도인 두만강의 오른쪽[16] 해안에 자리잡고 있다.

처마 밑 제비집처럼 보이는 삼사백 가호의 초가집으로 이루어진 도시 전체가 산 위, 그것도 상당히 험한 경사면 위에 세워져 있으며, 이 산은 강 쪽으로 돌출한 가파른 절벽에 버티고 서 있다.

도시의 약 $\frac{3}{4}$ 을 차지하고 있는 가장 큰 구역은 돌로 쌓은 성벽 안에 자리잡고 있으며 이 성벽은 그 높이가 약 1.5사젠(약 3.2m), 두께는 1사젠(약 2.1m) 정도이다.

이 성벽은 전체적인 모습으로 볼 때 사각형을 이루고 있다. 성벽의 한쪽 면은 해안의 절벽과 맞닿아 있으며, 여기서부터 산을 따라 이어지는데, 그 내부공간은 길이가 약 1베르스타(약 1.06㎞), 폭은 0.5베르스타(0.53㎞) 정도 된다.

그렇지만 내부공간의 대부분은 텅 비어 있는데, 그 안에 있는 초가집들이 대부분 산기슭에 모여 있기 때문이다.

성벽 안에는 대포 몇 대가 세워져 있는데 포가(砲架)가 없는 탓에 이 위협적인 무기는 단지 한 방향, 즉 두만강 아래쪽으로만 발포가 가능하다.

대체적으로 외양상 도시의 성벽은 도시의 묘지를 둘러싸고 있는 돌

---

15) 역주) 사젠은 러시아 길이 단위로, 1사젠은 2.134m이다.
16) 역주) 저자의 원본에 '왼쪽'으로 명기되어 있던 것을 원편집자가 수정한 것이다.

로 된 평범한 울타리를 상기시킨다. 성벽의 남서쪽 방면에 망루가 있고, 그곳에는 언제나 보초가 서 있으며, 바로 그곳에 죄인들을 가두는 독방감옥의 형태를 띤 방이 설치되어 있다.

요새-여기서 이와 같은 명칭을 사용할 수 있다면-의 한가운데에는 삼중 문이 있고 그곳에 이 도시의 책임자가 살고 있다. 요새 바깥에는 기껏해야 십여 채의 초가집이 있을 뿐이며, 이 집들도 가능한 한 요새 가까이 들러붙어 있다. 이상이 전혀 매력적이지 않은, 그러나 내가 방문해야만 했었던 경흥시의 겉모습이다.

세관 관계자들, 그리고 특히 세관장이 충분히 잠을 잘 수 있도록 아침 9시까지 기다린 뒤 나는 러시아 국경초소에 있는 배를 빌려 탄 뒤 세 개의 노를 가지고 강을 따라 도시를 향해 배를 저었다. 러시아 측 경비대에서 도시까지는 1베르스타(약 1.06㎞)가 채 안 된다. 초소에 살고 있는 병사 중 하나이며 통역관인 자가 나와 동행했는데 그가 조선어를 거의 할 줄 몰랐음에도 불구하고, 어쨌거나 나는 판토마임을 해가며 일상적인 대화를 나눌 수 있었다.

우리 배가 강을 따라 가고 있을 때 초가집 근처 아래쪽, 그리고 요새 안에서는 산 위쪽에 흰옷을 입은 조선인들의 모습이 보였다. 그들은 우리를 뚫어지게 바라보다가 어디론가 재빠르게 숨었다. 그렇지만 우리가 뭍에 올라 도시로 향하자 사방에서 현지인들이 남녀노소를 막론하고 달려 나오기 시작하더니 얼마 안 있어 우리를 사방으로 빽빽이 에워싼 대군중을 이루었다. 그때 경찰 몇 명과 군인 두 명이 나오더니 우리에게 무슨 일로 왔는지를 물어보았다. 통역관을 통해 내가 이곳의 책임자와 만나기를 원한다고 설명했더니 군인들은 이를 단호히 거절하며 말하기를, 부사가 병중이어서 어느 누구도 접견하지 않을 것이며, 그리고 만일 그들이 부사에게 이 사실을 보고하기만 해도 당장 목이 날아갈 거라는 것이다. 그러나 이 모두가 순전히 우리를 도시 안으로 들여보내기를 원치 않는 군인들의 계략이었다. 이렇게 말하면서 그들은 우리에게 당장 배를 타고 오던 길로 되돌아갈 것을 요구했다.

모든 아시아인들의 성격을 알고 있는 나로서는 그들을 대할 때면 집요하게 매달리거나 때로는 목적을 달성하기 위해 대담하게 굴 때조차 있다. 그래서 나는 즉시 부사에게 내가 도착한 사실을 알리도록 요구하기 시작했다.

그 사이 군중은 그 수가 점점 더 많아졌다. 그러자 경찰들은 가장 소란스럽고 호기심 많은 이들에게 재빨리 곤봉질을 해대기 시작했다.

정말이지, 머리에서 발끝까지 살펴보고, 더듬고, 호주머니나 손에 있는 물건을 직접 가져다가 거의 산산 조각낼 뻔하는 등의 막무가내의 호기심은 이미 참기 어려운 것이 되었다. 게다가 군중들은 다 남자들뿐이다. 경흥에 머무르는 내내 나는 단 한 명의 여성도 만나볼 수 없었다. 이 점, 질투심 많은 남편들의 금족령이 작용한 것인지, 아니면 조선 여성들이 그들의 명예에 걸맞게 유럽의 여성들보다 호기심이 덜한 건지는 모르겠다.

한편 군인들[17]은 우리에게 되돌아가라는 자신들의 요구를 다시금 반복하기 시작했으나 마침내 우리의 완강함을 눈치 채고는 지금 내 수중에 부사에게 보여줄 만한 문서 비슷한 것이 있는지를 물어보았다. 문서가 없으면 어떤 수단을 쓰더라도 부사를 만날 수가 없다는 것이다. 내게는 이와 유사한 종류의 어떠한 문서도 없었지만 다행히

---

17) 조선의 군복은 보통사람들이 입는 폭이 넓은 가운처럼 생긴 의복과 동일하다. 단지 군인의 모자에 공작 깃털이 2개 달려 있다는 점이 다를 뿐이다. 경찰복은 모자에 붉은색 끈이 두 줄 꿰매어져 있다.

도 내 호주머니 속에는 이르쿠츠크에서 만들었던 역마권 지령서가 있었기에 나는 조선인이 가장 중요하게 생각하는 커다란 붉은 도장이 찍힌 종이쪽지를 감히 이 일에 이용해 보기로 했다.

내게서 지령서를 받아가고 나서 군인들 중 한 명이 도장을 살펴보기 시작했다. 그러더니 이 문서가 조선어로 작성되지 않은 이유를 느닷없이 물어보는 것이다.

이 질문에 대한 답으로 내가 한 말은 현재 노브고로드항에는 조선인 통역관이 없으며 그가 어디론가 떠났다는 것, 그래서 그가 없으면 조선어를 쓸 사람이 아무도 없다는 것이었다. 이와 같은 논거에 승복하고 조금 망설이던 군인은 드디어 나에 대해 부사에게 보고하기로 결정을 내렸다. 그러기 위해 그는 자기를 따라오라는 손짓을 하고 우리를 외국인 전용 접견장소로 지정된 특별한 집으로 데려갔다. 그런데 최근까지도 이 외국인들이란 국경 지대의 중국 영토에서 온 이들뿐이었다.

외국인 접견을 위해 지정된 집은 요새에서 50보 정도 거리로, 시가지의 끝에 위치하고 있으며, 세 개의 나무벽으로 둘러싸인 단순한 임시가옥으로, 바닥도 벽과 같은 재질로 되어 있고 그 위에 몇 개의 계단이 나 있다. 건물 안 중앙 벽에는 격자모양의 문이 달린 규모가 작은 개별 공간이 만들어져 있는데 이는 조그만 방과 비슷하다. 이 문 위에는 어떤 글귀가 적혀 있는 판목(板木)이 걸려 있는데 아마도 경흥시의 책임자를 접견하는 커다란 명예를 얻은 외국인들이 어떻게 행동해야 하는가에 대한 규칙을 담고 있는 듯하다. 그러나 이곳을 방문했던 많지 않은 외국인들 중에서 어느 누구도 자신의 행동에 관련된 규율을 읽지 못했을 것이다. 왜냐하면 그 글귀는 조선어로만 써 있기 때문이다.

군인들은 우리를 접견실에 남겨둔 채 여기서 기다리라고 말하고는 문서를 가지고 부사에게로 갔다.

그 사이 군중은 단 일 분도 뒤처지지 않은 채 계속해서 그 수를 늘려가며 다시금 우리를 사방에서 에워쌌고 처마 밑까지도 빼곡히 채웠다.

소년들은 벌써 아이 같은 장난을 치기 시작하여 슬그머니 우리의 소매부리 뒤나 바지를 잡아당기고 숨곤 했다. 성인 조선인들도 이전과 마찬가지로 더듬고 냄새를 맡거나 혹은 움직이지 않은 채 우리에게서 눈을 떼지 않고 서 있었다.

자리를 뜬 지 십 분쯤 지나서 풀로 짠 돗자리를 몇 장 가져온 군인들은 그것을 바닥에 펼친 뒤에 그중 하나를 조그만 양탄자로 덮었다. 이 모든 것은 부사가 접견에 동의했다는 증표였다.

얼마간 시간이 지나자 갑자기 요새에 노랫소리가 울려 퍼졌다. 이는 부사가 행차한다는 표시로, 네 명이 나무로 만든 들것에 부사를 태우고 왔다. 맨 앞에 길고 폭이 좁은 곤봉, 아니 자처럼 생긴 것을 든 경찰 몇몇이 걸어오면서 대중들을 분산시켰다. 그 뒤를 하인의 임무를 수행하는 4명의 소년이 따랐고 그들 뒤에 부하의 어깨 위에 올라탄 부사가 왔다. 그리고 마지막으로 십여 명 정도의 군인들이 이 행진을 마감했다. 행진이 진행될 동안 계속 노래를 불렀다. 아니 목청을 다해 소리쳤다고 말하는 게 더 낫겠다. 부사는 팔짱을 낀 채 호랑이 가죽이 덮여 있는 들것 위 목재 안락의자 위에 미동도 하지 않은 채 앉아 있었다.

그때까지 소란스럽던 군중들은 이 행진을 보자마자 순간적으로 뒤로 물러서더니 통행로를 만들고는 공손하게 길 양옆에 섰다. 몇몇은 넙죽 엎드리기까지 했다.

접견장 계단에 올라서자 들것을 운반하던 이들은 그것을 내려놓았다. 그러자 부사는 거기서 일어나 몇 걸음을 걸어 건물 안으로 들어와 내게 인사와 함께 안락의자에서 벗겨 돗자리 위에 펼쳐놓은 호랑이 가죽 위에 앉으라고 청했다.

그는 41세 된 꽤 잘 생긴 중년남성으로, 성은 윤이고 직위는 장군, 즉 조선어로는 '사또'이다.

부사의 의복이라고 해서 달리 구별되는 것은 아무 것도 없었다. 다른 조선인과 마찬가지로 부사의 의복도 흰색의 윗옷과 바지, 장화, 넓은 챙이 달린 모자로 구성된다.

나를 위한 자리로 지정된 호랑이 가죽 옆에 펼쳐 있는 양탄자 위에 앉기 전에 윤이 장화를 벗자 그에게 속해 있는 소년들 중의 하나가 그 장화를 가져다가 한쪽에 놓아두었다.

그때 우리 주위에 필기용 종이와 붓, 먹, 그리고 크지 않은 청동제 함을 가져다 놓았는데, 그 함에는 나중에 알았지만 도장이 보관되어 있었다. 마지막으로 담배함과 끽연을 위한 뜨거운 석탄이 든 주철단지, 담뱃대 2대를 가져왔는데, 그 담뱃대는 가져온 즉시 피울 수 있도록 담배를 채워 불을 붙여놓은 것이었다. 부사는 그중 하나를 집어 들고 나머지 하나를 내게 권하였으나 나는 담배를 피우지 않으므로 거절하자 그 담뱃대는 내 지시에 따라 내 옆자리에 앉아 있던 통역관-군인에게 전달되었다.

그 자리에 참석한 나머지 사람들 모두, 그러니까 부사의 부관과 나머지 조선인들-필경 이 도시에서 가장 지위가 높은 자들일 것이다-조차도 우리들보다 뒷자리로 가 양옆에 서 있었다.

마침내 우리가 모두 다 자리에 착석하자 무슨 용무로 내가 본인에게 왔는지를 물어보며 제일 먼저 윤이 내게 말을 건넸다.

어떤 구실이든 만들어내야겠기에 나는 이 국경지대는 평온한지, 그리고 러시아 군인들이 당신을 괴롭히지는 않는지를 직접 알아보기 위해 온 것이라고 대답했다. 이에 대한 답으로 그는 모든 것이 평화롭고 어떤 고충도 없다고 하였다.

다음으로 그는 나의 성이 뭔지 그리고 나이가 몇인지를 물었다. 두 가지 질문에 대한 답을 내 부관에게 쓰라고 명령하였고 내 부관은 나이가 몇인지는 재빨리 숫자로 썼으나 성은 오랫동안 정확히 발음하지 못하다가 결국에는 소리가 전혀 다른 단어를 써보였다. 그렇지만 이 상황에서 벗어나기 위해 나는 자신 있게 고개를 끄덕이고는 이번에는 내가 부사의 나이와 성을 물어보았다.

이 부사란 사람은 처음에는 나를 미국인이라고 생각하더니 그 뒤에도 한동안 내가 러시아인이라는 것을 믿으려 하지 않았다.

그 후 대화는 최근에 발생한 조선인과 프랑스인과의 전쟁[18]에 대한 이야기로 이어졌다. 그러자 윤은 진정한 애국자가 되어 조선인은 수천 명의 적군을 죽였으나 그 사이 아군은 겨우 여섯 명만 전사하여, 현재 이 전쟁은 조선인의 완전한 승리로 종결되었다는 사실을 내게 납득시키려는 듯 아주 열심히 이야기했다.

이어서 윤은 조선에서 만든 지도를 가져오더니 자신의 지식을 뽐내기 위해 내게 세계의 일부와 여러 나라의 이름을 나열하며 보여주기 시작했다. 그러나 그가 가진 지리학적 지식이란 것이 극히 빈약하다는 사실은 명확했는데, 왜냐하면 그는 자주 명칭을 혼동하여 지도마다 첨부된 문서를 참조하면서 틀린 것을 정정했기 때문이다. 나는 짐짓 아무 것도 모르는 척하고 있었으므로 조선인 지리학자는 당황해

---

18) 역주) 병인양요(丙寅洋擾)를 말한다.

하지 않으며 거짓말을 할 수 있었다. 지도는 모두 아주 조잡하게 만들어진 것들이었다. 비록 몇 나라는 비교적 정확하게 그려져 있었지만 이와 동시에 아주 조야한 실수들이 눈에 띄었다. 예를 들어 인도 앞부분 반도는 절반이 잘려나갔고 러시아의 카마강19) 자리에는 수원(水源)도, 하구(河口)도 없는 어떤 강이 있었는데 이는 마치 길고 좁은 호수와도 같았다.

여러 나라들을 하나하나 거론하면서 그 이름을 종종 엄청나게 왜곡하다가 마침내 윤은 유럽에 도달했고, 거기서 바로 프랑스와 영국을 찾아 보여주었다. 그 후 나머지 국가들은 모두 건너뛰고 러시아로 건너가더니 페테르부르크와 모스크바, 그리고 이유는 모르겠으나 우랄산맥을 보여주었다. 러시아와 관련된 윤의 이야기는 매우 폭이 넓었으며, 그는 프랑스인이 모스크바를 불태운 사실20)도 알고 있었다. 나의 통역관이 이 문장을 잘 이해하지 못해 전달하지 못하자 윤은 담뱃대에 불을 붙이는 단지에서 재를 꺼내어 지도 위의 모스크바 위치에 놓고는 '프랑스인들'이라고 말했다.

그 후 대화는 다시 조선에 관한 것으로 넘어갔다. 그러자 이때부터 부사는 대단히 조심스러운 태도를 취하더니 의심스러워하는 눈치까지 보이는 것이었다. 그는 그저 가장 애매한 대답을 했을 뿐이다. 내가 그에게 경흥 주민이 몇 명인지, 여기서 조선의 수도까지는 거리가 얼마나 먼지, 조선에는 군대가 많은지를 물었을 때 이 모든 질문에 대한 대답으로 동일한 하나의 대답인 '많다'를 얻었을 뿐이었다.

어째서 조선인들은 그들의 도시에 러시아인들을 들여보내지 않는

---

19) 역주) 볼가강의 지류.
20) 역주) 1812년 9월 나폴레옹 군대가 보로지노 전투 후 모스크바를 점령하기 위해 입성한 날 일어났던 큰 화재를 말한다.

지, 그리고 어째서 러시아인들과 교역을 하지 않는지에 관한 질문에 윤은 조선의 왕이 이를 원치 않으며, 왕의 명령을 어길 시에는 추후 그 어떤 논의도 없이 저 세상으로 보내진다고 답하였다. 이때 그는 순진하게 러시아 정부 측에 러시아로 이주한 조선인들을 다시 되돌려 보내달라는 요청을 전해달라고 부탁했다. 그들이 돌아온다면 그는 당장 모두의 목을 베어버리라고 명령할 것이다.

한편 나를 위해 상당히 맛있는 커다란 배와 깨끗이 다듬은 잣과 당밀과자 비슷한 것이 담긴 음식을 내왔다.

이 음식을 전부 다 먹을 동안 그의 신하들과 마찬가지로 호기심이 많은 부사는 내가 가지고 있는 물건들-엽총, 리볼버권총, 망원경- 을 살펴보았다. 아마도 그는 이 모두를 예전에 이미 보았던 듯하다. 그는 리볼버권총과 망원경 다루는 법을 알고 있었다.

한편 나와 함께 있던 군인들은 한쪽에서 조선인들과 할 수 있는 만큼의 대화를 나누었고 그들과 싸우기까지 했으며, 또한 그들에게 여러 가지 고난도 체조동작을 보여주기도 했다. 이 모든 것들이 그들을 둘러싼 군중의 마음에 들었고, 마지막으로 병사들 중의 하나가 무릎을 굽히고 뛰어오르는 동작을 하며 춤을 추자 조선인들은 미칠 듯이 열광한 나머지 이와 같은 구경거리를 자신의 부사에게 당당하게 보고했다.

부사도 춤을 보고 싶어 했으므로 군인들은 다시 한 번 우리들 앞에서 춤을 추었고 그곳에 있었던 사람들 전부와 윤도 대단히 만족스러워했다.

이때 암소를 훔친 것으로 밝혀진 3명의 죄인이 법정으로 끌려왔다.

부사의 면전으로 나오게 된 죄인은 넙죽 절하였고 약 5분 정도 뭐라고 중얼거렸다. 변명 비슷한 말을 듣고 나서 윤이 띄엄띄엄 몇 마디 말을 하자 경찰은 죄인들의 정수리 머리다발을 잡고서(이는 조선인들의 머리모양으로 볼 때 무척 편리한 것이다) 그들을 도시 저편으로 끌고 갔다.

재판이 끝난 뒤 대화는 잠시 계속되었고, 드디어 내가 떠나야겠다고 알리자 이와 동시에 윤은 일어나서 공손하게 절하였다.

헤어질 때 그는 내가 엽총을 쏘아주면 좋겠다고 하였고 이를 위해 그는 백 보쯤 떨어진 곳에 크지 않은 널빤지를 세우라고 명령하였다. 내가 총을 쏘자 총알은 그 널빤지를 뚫고 계속 나가 들판에 맞고 되튕겨 나아갔다. 그러자 갑자기 군중이 시끄럽게 소리를 질렀는데 이는 아마도 칭찬의 표시인 듯하다. 윤은 살짝 미소를 지었고 이후 우리는 거듭 인사를 나누었다.

그 후 그는 들것에 앉아 이전의 절차를 반복하며 노랫소리와 함께 요새로 떠났다. 나는 우리 군인들과 함께 전 군중의 수행을 받으며 해안으로 가서 강을 건너 다시 노브고로드항으로 향했다. 얼마 안 있어 남우수리 지역 연구탐사대가 이 항구를 출발하였다.

남 우수리 지역의 조선인촌 인구통계표

촌락명칭	지역	주민 수		총계	성 인		아 동		가 축 수			경작지면적 (제샤치나*)
		남	여		남	여	남	여	말	유각 가축	돼지	
지산허 (란자노프카)	노브고로드항에서 18베르스타 (약 19km) 거리에 위치한 지산허강변	781	615	1,396	506	377	275	238	15	254	347	라시아 322 (약 363ha.) 조선 1,290 (약 1,409ha.)
얀치혜	탐함매만으로 흘러드는 얀지강변, 노브고로드 항구에서 14베르스타 (약 15km) 거리	200	170	370	120	103	80	67	3	61	51	라시아 68 (약 74ha.) 조선 272 (약 297ha.)
시제미	아무르만으로 흘러드는 시제미강변, 노브고로드항에서 북쪽으로 80 베르스타(약 85km) 거리	14	21	35	11	11	3	10	-	8	-	라시아 5 (약 5.4ha.) 조선 20 (약 22ha.)

*제샤치나는 라시아 토지 단위로 1제샤치나는 1.092헥타르(ha.)에 해당한다.

1867년 1월 1일, 우수리 지방으로 여행을 떠나기 전
찍은 프르제발스키의 사진

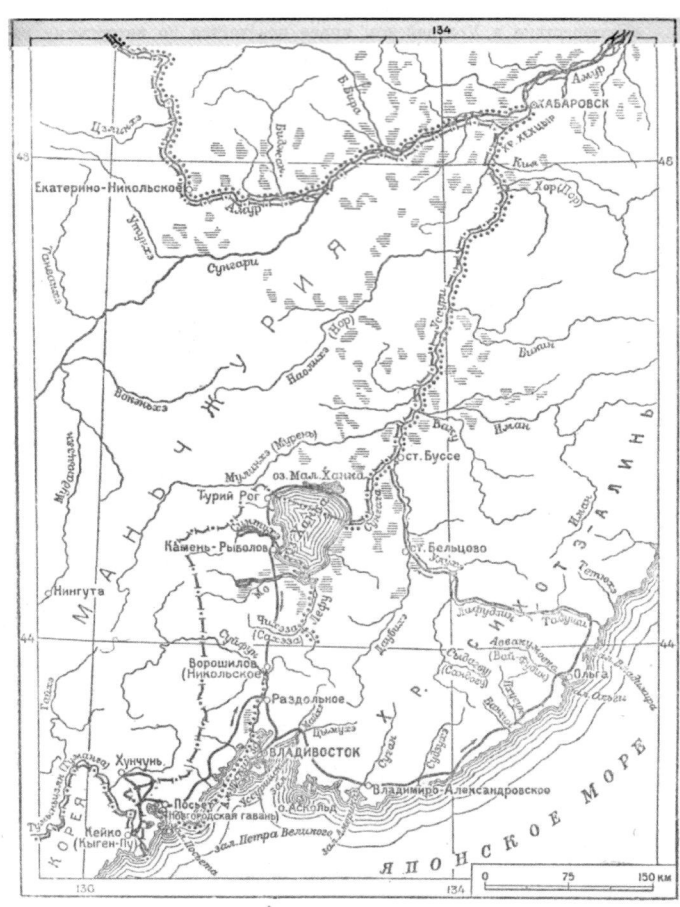

Карта маршрутов Н. М. Пржевальского в Уссурийском крае.
Сплошной линией показан маршрут по суше, точками— по воде.

프르제발스키의 우수리 지방 여행경로

(실선은 육로, 점선은 해로를 표시한다)

ПУТЕШЕСТВІЕ

ВЪ

УССУРІЙСКОМЪ КРАѢ,

1867—1869 г.

СОЧИНЕНІЕ

Н. ПРЖЕВАЛЬСКАГО.

ДѢЙСТВИТЕЛЬНАГО ЧЛЕНА ИМПЕРАТОРСКАГО РУССКАГО ГЕОГРАФИЧЕСКАГО ОБЩЕСТВА.

СЪ КАРТОЮ УССУРІЙСКАГО КРАЯ.

ИЗДАНІЕ АВТОРА.

С.-ПЕТЕРБУРГЪ.
Въ типографіи Н. Неклюдова (Офицерская, д. № 7—14).
1870.

프르제발스키가 자비로 출판한 『우수리 지방 여행.
1867-1869년』의 초판본(페테부르크, 1870)

비노그라드 강 계곡에 조성된 최초의 러시아 한인정착촌
〈지신허〉 140주년 기념비

http://khasan-district.narod.ru/history/modern/liter_modern/
140_kore.htm

3. 델로트케비치의 여행기

파벨 미하일로비치
델로트케비치의 일기:
서울에서 북부 조선을 지나
포시에트 만까지의 도보여행
(1885. 12. 6.~1886. 2. 29.)

3. 델로트케비치의 여행기 ──────

파벨 미하일로비치 델로트케비치의 일기: 서울[1])에서 북부 조선을 지나 포시에트 만까지의 도보여행 (1885. 12. 6.~1886. 2. 29.)

    1885년 12월 6일 나는 셰벨레프 소유의 증기선 '바이칼'호를 타고 블라디보스토크를 출발하여 12월 8일 나가사키(長崎)에 도착했다. 여기서 일본 회사 미쯔비시의 증기선 '미노마루'호로 갈아타고 출항하여 12월 14일 조선의 항구 제물포 또는 인천에 도착했다. '미노마루' 호는 일본과 조선 사이를 한 달에 두 번 운항하는데 이때 나가사키를 떠나 두 곳의 일본 영토 섬에 기항한 뒤 조선의 부산과 제물포에 도착하게 된다. 나가사키에서 제물포까지의 선박요금은 1등급이 26달러이며, 3등급은 식사를 곁들여 8달러이다. 일본 섬에 증기선이 머무

---

1) '서울'이라는 말은 본래 수도를 일컫는 단어로, 조선의 수도는 '한양'이라는 도시이다. 나다로프(Nadarov) 대령의 주석.

는 시간은 고작 2시간 남짓으로, 이는 단지 우편물을 내려놓고 승객이 내리기 위해서이다.

증기선 '미노마루'호는 가장 가까운 일본 섬에서 선회한 뒤 7시간 후 나가사키를 떠난 지 3일째 되는 날 부산에 도착했다. 일본 영토와 조선의 기후가 이토록 다르다니! 내가 일본의 섬들에 관해 지적했던 바, 그 섬들은 따뜻하고 모든 지역이 푸르른 반면에 부산은, 즉 정확히 7시간 항해하면 당도하는 부산에는 진정한 러시아의 늦가을이 펼쳐져 있었다. 초목은 모두 누렇게 변해 있었다. 부산항은 쾌적하고 조용하며 그 근처에는 산이 많은데 이 산들은 거의 다 민둥산이다. 도시의 거주민은 조선인이다. 여기 사는 외국인이라고는 조선 세관에서 근무하는 독일인 4명, 영국인 2명과 일본 영사를 포함한 일본인 여럿이 전부다. 일본인들은 상업에 종사하고 있는데 그들은 주로 영국과 독일 공장에서 가져온 면직물류, 특히 생지면포(tiklous)와 무명(drill), 셔츠감(shirting) 등속을 취급하며 이것들을 가죽이나 말린 생선과 같은 조선의 식품과 교환하기도 하고 금 생광(生鑛)과 교환하기도 한다. 부산의 물가는 놀라울 정도로 높다.

우리의 증기선 '미노마루'호는 부산에서 160톤 어치의 상품을 내렸는데 그것들은 주로 직물류 제품이었다. 또한 같은 회사의 증기선 '타마우로마루'호가 이곳으로 운반해 온 70톤의 동괴(銅塊)를 항구에서 실었다. 증기선 '미노마루'호는 부산에 하루 정박했다. 부산을 출발한 지 3일째 되는 날 '미노마루'호는 제물포에 도착했다. 이곳에는 현재 몇 척의 전함과 2척의 중국보트와 1척의 군함, 3척의 영국보트와 1척의 일본군함이 정박해 있다. 선박들은 제물포 해안에서 약 2베르스타(약 2.12㎞)[2]가량 떨어진 곳에 닻을 내리고 있다. 이곳의 조석간만의 차이는 28피트에 달한다. 만조와 간조 시 물의 흐름이 아주 급격하여 시간당 6노트에 달하는데, 이는 선박과 육지 간의 통신을 극히 어렵게 만든다. 정박지의 남쪽은 통행이 자유롭다. 항구에는 서울의 강 하구까지 다니며 짐을 실어 나르는 중국배와 조선배들이 아주 많다. 제물포는 그리 크지 않고, 주민의 대부분은 조선인이다. 이곳에는 호텔 두 채가 있는데, 하나는 독일호텔이고 다른 하나는 일본호텔이다. 이곳에서 이루어지는 모든 상거래는 중국인과 일본인의 손아귀에 꽉 잡혀 있다. 3개의 노점 중에 둘은 중국인 소유이고 나머지 하나는 일본인의 소유이다. 이 노점에서 파는 상품은 상해나 일본에서 들여온 것으로, 직물제품이나 유럽인들을 위한 식료품이 그 대부분을 차지한다. 이 모든 제품들의 가격은 아주 비싸다. 제물포에는 이 지역 세관 관리로 근무하는 유럽인 열 명이 살고 있다. 이들 관리 중 한 명은 러시아인이다. 영국과 일본, 중국은 이곳에 자신의 영사관을 소유하고 있다. 중국 영사관저에는 중국 군인들로 구성된 호위대가 상주한다.

조선인은 소가죽이나 금 생광(금은 비밀스럽게 유입된다), 유황, 은괴 등속을 가지고 일본인, 중국인과 바터무역을 하고 있다.

제물포에서 조선의 수도까지의 거리는 40베르스타(약 42.4㎞)이다. 통신은 말이나 가마를 통해 이루어진다. 말을 타고 가면 러시아 돈으로 2루블 50코페이카³)이다. 수도로 가는 길은 탁 트여 있고 산은 그다지 험하지 않으며, 만조로 인해 조성된 호수가 많다. 여름이면 이 호수에서 썩은 내가 난다고 한다. 간조 때면 전 해안이 1베르스타(약 1.06㎞) 정도 더 드러나 배들이 육지에 남게 된다. 토양은

---

2) 역주) 베르스타는 러시아 거리 단위로, 1베르스타는 약 1.06㎞이다.
3) 역주) 러시아 화폐단위는 루블과 코페이카로, 1루블은 100코페이카에 해당한다.

진흙이 많은 편이다. 길은 대부분 산과 크지 않은 골짜기를 따라 나 있다. 기온이 온화한 절기에는 수많은 수레자국이 만들어져 길을 다니기 어려운 편이다. 수도에 다다르기 전 10베르스타(약 10.6㎞) 지점에 이르면 조선인이 '세레울'4)이라 부르는 강을 타고 가야 한다. 강의 수심은 아주 얕았으며 강을 따라 마치 눈이 펼쳐져 있는 것 같았는데 알고 보니 그것은 모래였다. 강에는 벌써 얼음이 얼었으나 조선인들이 환승 장소의 얼음을 깨 배로 사람들을 나르고 있었다. 그 대가로 20~30푼5) 정도 받는다.

1885년 12월 21일 도보로 그리고 조선산 말을 타고 10시간에 걸쳐 약 40베르스타(약 42.4㎞)를 가 서울에 도착했다. 매우 추웠고 바람이 거셌다. 서울에 도착해서 나는 그곳에 얼마간 머무르기 위해 당분간 묵을 숙소를 얻고 싶었다. 여권6)을 받을 때까지 머무르는 동안이나마 남부 지방의 방언과 친해지고 싶은 심산이었던 것이다. 나는 부산과 제물포에서 조선인의 방언이 러시아 남우수리 국경지대와 조선 북부 지방에 사는 조선인의 방언과 비교해서 아주 상이하다는 것을 알게 되었다. 남부 지방의 몇몇 단어들의 억양만이 북부 지방의 단어와 비슷할 뿐이다. 알고 보니 서울에는 호텔이 하나도 없었다. 조선인은 자신이 사는 집에 유럽인을 받지 않을 뿐만 아니라 거주지를 둘러보기 위해 아주 잠깐이나마 들르는 것조차 용납하지 않는다. 러시아 전권대사 K. N. 베베르가 고맙게도 내게 자신의 집에서 머무

---

4) 역주) 원문 표기는 'sereul'로, 한강을 말한다.
5) 역주) 당시 조선에서 사용된 화폐단위는 1냥[兩]=10전[錢]=100푼 [文]이었으며, 저자가 사용한 조선 화폐단위인 케쉬(cash)는 푼에 해당한다.
6) 역주) 1884년도 조러조약에 따라 러시아인이 조선을 여행하기 위해서는 조선정부가 발급한 특별한 여권이 필요했다.

를 것을 제안했다. 내가 조선을 통과하여 러시아 국경까지 자유롭게 갈 수 있도록 하기 위해 그가 조선정부가 담당하는 여권 업무를 볼 동안이었다. 러시아 영사관은 한동안 아무개 공작의 소유였던 조선식 건물에 위치해 있었는데, 현재는 정부가 차압한 건물이다. 내년에는 러시아 영사관용으로 석조 건물을 세울 계획이라고 한다. 영사관 부지는 이미 정해졌으며 이곳은 서울에서 가장 좋은 곳 중의 하나로, 그 부근에서 경치가 상대적으로 좋은 곳이며 또한 위생적인 측면에서 볼 때도 좋은데, 이는 높은 곳에 위치하여 여름에는 선선하고 여타의 지저분한 뜰과 인접해 있지 않기 때문이다.

1885년 12월 21일부터 1886년 1월 10일까지 조선어를 공부하고 수도를 구경했다. 이 기간 동안 칼리노프스키[7]와 함께 수도에서 약 10베르스타(약 10.6㎞) 거리의 서울 근교로 두 번 사냥을 나갔었는데, 야생 짐승은 거의 볼 수 없었다. 고작 꿩과 산비둘기 몇 마리를 잡았을 뿐이다. 수도 부근은 산악 지형이며 사질(砂質) 토양이다. 초목 수종은 매우 보잘것없으며 그저 여기저기 숲이 몇 군데 조성되어 있을 뿐으로, 그 대부분이 소나무다. 조선인은 소나무를 무척 귀하게 여기는 게 틀림없다. 사방이 벼를 심어 놓은 논이며, 산을 따라 묘지와 기념비가 세워져 있다. 관목도 없고 풀숲도 없는데, 그것들 전부를 부지런히 베고 낫질해 놓았기 때문이다.

서울에는 약 300,000명가량의 주민이 살고 있으며, 서울은 깊숙한 분지에 위치하고 있다. 세레울 강에서 5베르스타(약 5.3㎞) 지점이 수도의 한복판이며 그 둘레를 빙 둘러 약 8베르스타(약 8.5㎞)에 걸쳐 석벽이 세워져 있다. 이 석벽은 어떤 곳에서는 높이가 4사젠(약

---

7) 칼리노프스키(Kalonovsky) – 수집을 위해 조선에 2년간 살았던 러시아 박물학자. 나다로프 대령의 주석.

8.4m)8), 두께가 대략 2사젠(약 4.2m)에 이른다. 이 벽에는 나무로 만든 6개의 문이 달려 있는데, 그 문의 돌림띠(cornice)는 청동으로 주조한 여러 가지 동물들의 형상으로 장식되어 있고, 문에는 국기 모양이 색칠되어 있다. 이 국기의 모양은 마치 배[梨] 두 개가 함께 포개져 있는 것처럼 보이는데9) 그중 하나는 파란색이며 다른 하나는 흰색이다. 시내의 성문은 매일 저녁 해가 지면 종을 울리고 총 사격을 하여 닫는다. 성문이 닫히고 나면 어느 누구도 시내를 돌아다닐 권리가 없는데, 단지 예외적으로 정부의 통행허가증을 가진 자만이 다닐 수 있다. 아침에 해가 뜨면 성문이 닫힐 때와 동일한 방식으로 문이 열린다. 바로 그 문 옆에 보초가 서 있으며 그들은 나무로 만든 막대 위에 휜 칼처럼 생긴 철기를 꽂아 놓은 무기를 들고 있다. 그 무기의 형태로 보아 매우 오래된 것이라는 느낌이 든다.

도시 한가운데를 작은 강이 관통하고 있는데 그 강은 북동쪽에서 남동쪽으로 흐른다. 강물은 특히 속옷을 세탁할 때 사용한다. 음용수나 식수용 물은 강 가까이 많이 파놓은 우물에서 길어 올린다. 강을 가로질러 길로 나가는 통로가 되는 꽤 널찍한 폭의 석교(石橋)가 세워져 있는데 아마도 아주 오래전에 건설된 것 같다. 보통 사람들의 집은 거의다가 흙벽으로 된 오두막이다. 집 밖은 돌로 둘러싸여 있는데 그 각각의 돌은 외(椳)처럼 생긴 짚으로 만든 매듭으로 개별적으로 고정되어 있다. 집 안팎에는 진흙을 발라 놓았다. 가옥의 안뜰에는 전부 돌이나 관목으로 조성한 텃밭이 있다. 집의 창문은 안뜰을

---

8) 역주) 사젠은 러시아 길이 단위로, 1사젠은 2.134m이다.
9) 중국인들은 이와 똑같은 기호를 불도마뱀(salamander)을 형상화할 때 사용하며 여기에 눈(目)을 첨가한다. 만주어 통역관 모신(Mosin)의 주석.

향해 나 있으며 통행로 쪽으로는 굴뚝과 연기를 내보내기 위해 뚫어 놓은 조그마한 배출구만 보일 뿐이다. 불을 때는 아궁이는 집 안에 설치되어 있으며, 바로 이곳에 쓰레기를 버리고 구정물을 배출하는 장소가 마련되어 있다. 지붕은 짚으로 된 것과 기와를 얹은 것이 있다. 정부청사 건물과 부유한 상인의 저택은 돌이나 나무로 지어졌으며 여러 가지 모양으로 장식된 기와를 올린 지붕이 있는데, 그 형태상 일본 기와와 비슷하다. 내가 느낀 바로는 일반적으로 지붕과 대문이 중요한 장식품이라는 점이다. 이런 집들은 약 1사젠(약 2.1m) 정도의 돌로 된 울타리로 에워싸여 있고 방 안에는 종이나 매우 질이 좋은 조선산 벽지를 발라 놓았다. 아궁이는 밖에 설치되어 있고 굴뚝은 마루와 난로의 역할을 하며 집 전체를 관통한다. 굴뚝에는 기름먹인 단단한 종이를 발라 놓았다. 창문은 격자창으로, 희고 얇은 종이를 붙여 놓았으며 그 안의 방은 여러 개의 칸막이로 분할되어 있다.

서울에 있는 통행로는 딱 2곳만이 곧고 넓다. 그중 하나는 궁궐에서 남쪽으로 나 있으며, 다른 하나는 서쪽에서 동쪽을 향해 나 있다. 이 두 길 모두 네 개의 기둥을 세워 만든 임시 막사로 가득 차 있는데, 거기서는 각종 음식과 채소, 그리고 잡다한 조선제품들을 아주 싸게 팔고 있다. 국왕이 궁궐에서 나와 행차할 때는 통행로 2곳에 있던 상인들이 싹 사라지고 노점들도 철거된다고 한다. 국왕의 행차는 일 년에 한 번 있다. 도시 안의 나머지 통행로들은 약 3사젠(약 6.3m) 정도의 폭으로 좁고 구불구불하며 악취가 심한데, 특히 저녁과 아침나절 식사 준비를 할 때 나오는 연기가 길거리로 바로 퍼지기 때문이다. 이는 굴뚝이 길 쪽으로 튀어나와 지붕보다 낮은 곳, 주택의 하단에 고정되도록 만들어져 있는 덕분이다. 지저분한 것들을 바로 길거리로 버리는데 특히 여름에는 이 때문에 더욱더 악취가 심하다고들 한다. 서울에는 개들이 무척 많다. 집집마다 개를 몇 마리씩 키우는데 이는 식용으로 판매하기 위해서이다. 시장에서는 식용 까치, 까마귀 등속의 여러 가지 조류도 판매한다. 서울의 교역은 주로 내수용 상거래에 치중되어 있다. 조선인들은 제물포에서 면포와 면직물 등의 필수품을 도매로 사 소매로 판매한다. 조선인들도 직접 면직물을 만들지만 질이 많이 떨어질뿐더러 가격도 비교적 비싼 편이다. 여기서 면포는 러시아 돈으로 환산하면 하나당 5루블 정도인데, 블라디보스토크에서는 3루블 50코페이카에서 3루블 75코페이카 정도면 살 수 있다. 그 밖에도 서울에 있는 중국인 상점 2곳, 일본인 상점 1곳에서 대부분이 유럽산인 잡화제품을 판매하고 있다. 직물염색약 말고도 제물포에서 사들인 수많은 각종 중국제, 일본제 물건들을 판매한다. 제물포에서는 꽤 괜찮은 솜씨로 제작된 목재류, 장롱, 함 등의 제품을 아주 싸게 팔고, 또 수공예 금속제품도 판매하고 있다. 괜찮은 살담배10)가 러시아 돈으로 1푼트(409.5g)11)에 20코페이카이다. 담배는 독하지 않으며 기분 좋은 향이 난다. 금전과 은전은 통용되지 않는다. 대신 전부 동전으로, 수요에 따라 1달러가 1,500~2,000푼12) 정도 된다. 이 동전들을 끈에 꿰어 놓는데 2주에 한 번씩 상인들이 정산을 할 때면 이런 형태의 동전을 가득 실은 짐수레를 보게 되기도 한다. 쌀, 콩과 그 밖의 다른 곡물들은 러시아보다 조금 싼

---

10) 역주) 썬 담배, 또는 각연초(刻煙草)를 말한다.
11) 역주) 푼트는 러시아 무게 단위로, 1푼트는 409.5g이며 이는 1.3되에 해당한다.
12) 역주) 여기서 말하는 달러는 조선의 개항 이후 외국무역의 결재수단으로 널리 통용되었던 멕시코 달러이다. 당시 기록에 의하면 1883년에는 1멕시코 달러가 350푼이었으나 1891년이 되면 3,400푼으로 감가되기에 이르렀다. 이와 같은 환시세 하락과 물가상승으로 인해 평민들은 극심한 생활고에 시달려야만 했다.

편이다. 그러나 귀리와 보리는 전혀 찾아볼 수 없으며 감자와 양배추
도 마찬가지로 없다.

　서울에는 영국, 독일, 미국, 일본, 중국 대사가 살고 있다. 이 외에
도 외국인 몇몇이 조선인의 직장에서 일하기도 한다. 미국인 의사 2명,
세관에서 일하는 독일인 3명과 러시아인 1명, 미국인 영어선생이 그들
이다. 학교는 겨우 반년 전에 설립되었다. 아이들에게 영어로 읽고 쓰
기를 가르친다. 그 밖에 일본 장교 1명이 조선군에게 유럽식 사격과
통제를 가르친다. 2,000명의 군인들은 피보디 소총(Peabody rifle)
으로 무장되어 있으며 특별한 군복을 입고 있다. 그리고 창과 화살로
무장한 다른 부대가 10개 부대에 이른다. 이들 부대에는 그만의 특
정 상관이 있으며, 들리는 말에 의하면, 일 년마다 인원 점검을 위해
소집된다고 한다. 이들 부대는 봉급을 받지 않는 대신 사격 솜씨와
관등에 따라 쌀과 수수를 4되에서 24되까지 다달이 배급받는데 러시
아식으로 환산하면 22푼트(약 9kg)가 된다. 군복과 군화는 제공되지
않는 반면 푸른 가운13)과 펠트로 만든 둥근 모양의 검정색 모자-맨
위에는 천으로 만든 붉은색 방울이 달려 있고 그 뒤로는 말갈기로 만
든 붉은색의 깃털장식이 어깨까지 내려와 있다-로 여타의 조선인과
구별된다. 중국 영사와 일본 영사는 무장한 조선인 호위대를 두고 있
으나 나머지 영사들은 무장하지 않은 보초만을 두고 있을 뿐이다.

　서울의 움직임은 매우 생동감이 넘친다. 승객들은 가마에 실어 나
르고, 무거운 짐은 시내 근처라면 수소 2~4마리가 끄는 이륜마차가
운반한다. 유각가축(有角家逐)은 매우 큰데, 아마도 만주종(滿洲種)
이지 싶다. 가격도 비싸서 한 마리에 40~50루블이 나가며 이는 블

---

13) 역주) 두루마기를 말한다.

라디보스토크에서와 거의 비슷한 가격이다. 나머지 무거운 짐의 운송은 악취 풍기는 말과 암소들이 담당한다. 이렇게 냄새나는 운송수단이 매일 시내를 지나다니는데 주로 땔감과 소나무 가지, 쌀이나 그 밖의 식료품을 싣고 다닌다.

조선의 관리들은 말을 타고 다니는데 보통 다음과 같은 모습이다. 관리는 말 위에 앉아 있고, 하인들 중 하나가 말이나 당나귀의 고삐를 잡고 몬다. 한 두어 명의 하인이 말의 뒤꽁무니를 좇아 뛰어가며 말 탄 관리를 지탱하듯이 말을 몰면서 이와 동시에 구경하는 사람들에게 길을 비키라고 소리를 지른다. 그런데 관직이 낮은 관리만 이와 같은 방법으로 다닌다. 고위관리는 항상 가마를 타고 다닌다. 이 경우 200보 정도 앞에 몇 명이 교대로 뛰어다니며 사람들에게 길을 비키라고 소리 지르고, 뒤에서는 일단의 하인들이 양 옆으로 수행한다. 더 고귀하고 부유한 사람들은 막대한 수의 하인을 두고 있다. 어떤 지주들은 1,000명에 이르는 하인을 소유하고 있기도 하다. 성인은 240,000~300,000푼에 팔려나가는데 이는 러시아 돈으로 환산하면 대략 200루블 정도가 된다.

이곳에 사는 주민들은 얼굴이 꽤 흰 편으로, 남우수리 지역에 사는 조선인들보다 외모가 더 낫다. 의복은 셔츠감이나 비단으로 된 흰색으로, 어떤 조선인들은 다른 색 옷을 입고 다니기도 하는데 회색이 주를 이룬다. 여자들과 아이들은 밝은 색을 좋아한다.

12월 21일에서 1월 10일까지의 날씨는 잠잠하고 영하 10~12도였다. 눈이 2번 내렸는데 매번 높이가 $\frac{1}{4}$ 아르신(약 18cm)[14]을 넘지 않았다. 1월 10일에서 13일까지는 좀더 추워서 영하 16도까지 내려갔다. 1월 12

---

14) 역주) 아르신은 러시아의 길이 단위로, 1아르신은 71cm이다.

일에는 눈이 많이 와서 높이가 $\frac{1}{2}$ 아르신(약 36cm) 정도였으며 녹지 않 았다.

여권을 발급받기 위해 번거로운 일들을 여러 번 거쳐야 했으므로 1 월 8일이 되어서야 여권을 받을 수가 있었다. 1월 8일부터 나는 앞으 로 남은 여행을 준비하기 시작했다. 조선인 관리가 '경흥포'로 떠난다는 사실을 알게 되어 나는 그에게 동행할 것을 제안했다. 이곳 사람들 말 에 의하면 가는 길에 도적들이 많다는 것이다. 그러나 그 관리는 무슨 이유에서인지 출발이 지연되었고 그래서 나는 1월 12일에 혼자 떠나게 되었다. 대사관에 있는 러시아 통역관을 통해 짐 꾸러미를 질 말 한 마 리와 조선인을 구한 뒤 그에게 돈을 지불하고 말이 고생하지 않도록 원 산[5])에 도착할 때까지 필요한 물품들만을 구입했다. 짐 꾸러미는 전부 해서 5푸드(81.9kg)[16)] 정도였고 조선 돈으로 환산해 보니 $4\frac{1}{2}$ 푼트 (약 1.8kg)가 1달러어치가 된다. 그리고 이 짐에는 화약과 산탄이 $1\frac{1}{2}$ 푸드(약 24.5kg) 포함되어 있다. 만약 피치 못할 사정으로 여정이 길 어질 경우, 도중에 야생짐승을 잡아 그걸로 내 식탁을 채울 심산이었 다. 그 밖에 내가 가진 건 꼭 필요한 속옷과 겉옷이 든 자그마한 여행 가방이었으므로 짐 꾸러미는 조그만 조선산 말 1마리면 충분했다. 처 음에 나는 이 말이 끝까지 다 가지 못할까 봐 걱정했으나 사람들이 말

---

15) 역주) 1880년 원산항이 일본에 개항된 이후 원산은 일본인 구역과 조 선인 구역으로 나뉘어 있었으며 조선인 구역에는 외국인이 거주할 수 없었을 뿐만 아니라 무역활동 또한 금지되었다. 한편 두 구역의 명칭이 달랐는데 저자는 일본인 구역을 지칭할 때는 긴산(보통 일본식 발음인 겐장이나 중국식 발음인 유안산 등으로 불렸다)으로, 조선인 구역을 지 칭할 때는 원산을 사용하고 있으며, 1월 22-23일자 일기에서 그 구분 을 명확히 하고 있다. 그러나 본문에서는 원산으로 통일하되 구분이 필 요한 해당 일자의 일기에서만 저자의 표기를 따랐다.
16) 역주) '푸드'는 러시아 무게 단위로, 1푸드는 16.38kg이다.

위에 짐을 더 실어보이면서 나를 안심시켰다. 나는 말을 1마리 더 빌릴까도 생각해 봤으나 곧이어 이런 말들을 괴롭히느니 차라리 걸어가는 게 더 낫겠다고 생각하게 되었다. 비록 나는 시간이 얼마나 걸리는지, 어디로 가야 하는지는 잘 몰랐지만 그럼에도 나는 가는 동안 내내 걷기로 결심했다. 내일, 1월 14일이 정해진 출발일이다. 나는 러시아 전권대사에게 그동안의 배려에 감사하며 그와 작별인사를 나누었다.

1886년 1월 14일 정오에 서울을 떠나 걷기 시작했다. 한 3베르스타(약 3.2㎞) 가는 도중에 조선인 동행이 내게 알려준 덕분에 꿩 2마리를 볼 수 있었다. 한 번 사격으로 꿩 1마리를 죽였다. 100사젠(약 210m) 정도 더 가다가 길 한쪽으로 약 50사젠(약 105m) 떨어진 곳에 앉아 있는 새 3마리를 발견했다. 보아하니 아주 큰 오리였으며 코는 노랗고 깃털은 누르죽죽했다. 날아갈 때는 현란해 보이는 게 꼭 능에(siberian bustard) 같았다. 크기로 보면 거위와 평범한 오리의 중간쯤 되며 울음소리는 꼭 원앙과 같다. 총을 쏘긴 했으나 멀리 있어 잡지 못했다. 골짜기가 이어졌고 북쪽으로 거의 눈에 띄지 않는 조그만 언덕이 보였다. 쌓인 눈은 그 높이가 1아르신(71cm) 정도이다. 스케이트를 타도 될 정도인데 아무도 타지 않는다. 숙소에 다다르기 전에 꿩 2마리를 봐서 그중에 1마리는 잡았고 나머지 1마리는 상처를 입혔다. 30베르스타(약 32㎞)를 걸어 오후 6시에 숙소에 들었다.

1월 15일 길은 똑같은 골짜기를 따라 나 있다. 숙소에서 5베르스타(약 5.3㎞) 떨어진 곳에서 길이 갈라지는데 하나는 곧장 동쪽을 향하고 있고 다른 하나는 북쪽을 향해 있다. 양쪽 모두 원산으로 통하는 길이지만 북으로 난 길이 50베르스타(약 59㎞) 가까우므로 나는 그 길을 따라 가는 게 낫겠다고 생각했다. 길은 눈으로 덮여 있었다. 도중에 따오기 6마리를 보았다. 3번을 쏘았으나 멀리 있어 잡지 못했다. 아주 희귀한 새여서 속이 상했다. 가는 길에 말린 생선과 노끈을 하나 가득 실은 소와 말을 아주 많이 지나쳤는데 이들은 북부지방의 도시인 북청에서 서울로 가는 것이었다. 40베르스타(약 42.4㎞)를 걸어 오후 5시에 숙소에 묵었다. 다리가 아프다.

1월 16일 오전 8시에 숙소를 나섰다. 길은 눈으로 덮여 있으며 아침서리가 차갑다. 가는 길에 총을 9번 쏘았으나 겨우 꿩 3마리를 잡았을 뿐이다. 소총이 더러워진 게 분명하다. 길은 같은 골짜기를 따라 북동쪽으로 나 있다. 북청에서 온 말린 생선과 청어를 실은 짐수레를 여러 번 만났으며, 또한 염소와 꿩을 실은 짐수레도 하나 만났다. 이 지역에는 야생 염소가 없지만 60베르스타(약 64㎞)를 더 가게 되면 염소와 호랑이가 많다고들 이야기한다. 사냥을 해볼 만하겠다. 똑같은 골짜기를 따라 같이 길이 계속된다. 오늘 처음으로 조선식으로 준비한 밥과 소금에 절인 무가 들어 있는 샐러드 반찬을 먹어 보았다. 그럭저럭 괜찮은 편이다. 아마 배가 고파서 괜찮다고 느낀 것 같다. 70베르스타(약 74㎞)를 걸었다. 세레울이라 불리는 계곡을 따라 흐르는 아주 얕은 시내를 건넜는데 다리가 무척 많았다.

1월 17일 계속 같은 골짜기를 따라 걸어가다 3시에 골짜기 위에 도착하니 험준한 등선이 나타났는데 그 정상은 커다란 평지였다. 3베르스타(약 3.2㎞) 정도 되는 스텝과도 같은 아주 평평한 터로, 논으로 뒤덮여 있었다. 도로는 이 평지를 따라 북서쪽에서 남동쪽으로 내려간다. 샘17)이 흐르는 논에서 회색오리와 학 떼를 볼 수 있었다. 오리 1마리를 잡았다. 가다가 말린 생선과 노끈을 싣고 북청에서 서울로 가는 짐수레

---

17) 우수리 지역에서는 샘을 작은 시내라 부른다. 나다로프 대령의 주석.

를 여러 대 만났다. 그리고 호위대의 수행하에 가마를 타고 가는 조선 관리들도 만났다. 이곳의 눈은 서울에서보다 더 고약하다. 전반적으로 눈이 쌓인 높이가 $1\frac{1}{2}$ 아르신(약 107cm) 정도에 이른다. 도로는 우마(牛馬)로 인해 망가져 아주 엉망이다. 70베르스타(약 74㎞)를 걸어가 숙소에 묵었다. 날씨는 언제나 따뜻하고 바람도 없는데 눈이 녹지 않는다. 골짜기와 산 주변의 초목은 빈약하다. 군데군데 소나무가 조금 보일 뿐으로, 관목과 풀은 아주 드물게나 볼 수 있는 것이다. 이 지방에는 초목이 거의 없다. 풀마저도 땔감으로 뽑아간다.

1월 18일 길은 북쪽을 향해 초지로 나 있다. 작은 시내를 만났다. 이곳에는 눈이 더 많이 쌓였다. 길은 다니기 무척 힘들고 짐수레로 인해 심하게 망가져 있다. 약 20베르스타(약 21㎞) 정도 걸어가다 북서쪽에서 남동쪽으로 흐르는 꽤 깊은 시내를 만났다. 여울물은 말의 배 정도까지 찼다. 마을이 점점 더 드물게 보이더니 2베르스타(약 2.1㎞), 3베르스타(약 3.2㎞)를 가서야 눈에 띄었다. 지금까지는 100사젠(약 210m) 정도만 지나면 마을이 나타나 자주 볼 수가 있었는데 말이다. 또다시 말린 생선과 두류(豆類)를 서울로 운반하는 짐수레를 여러 대 만났다. 길가에서 등이 부러져 3일째 누워 있는 암소를 볼 수 있었다. 조선인은 10푸드(약 164kg) 정도 나가는 짐을 실어 나를 때 말뿐만 아니라 수소도 똑같이 이용하는데 지형이 평평한 곳이든 혹은 험한 산길이든 상관하지 않는다. 야생 염소 5마리를 발견했다. 오늘은 50베르스타(약 59㎞)를 걸어 숙소에 묵었다. 조선인은 나를 빙 둘러 에워싸고는 만져보고 계속해서 살펴보는데 그들은 대체로 유럽인이 나타났다는 점에 무척 놀라워하고 있었다. 내 식사의 맛을 봐도 되는지를 물어보기도 한다. 여행 내내 조선인들이 나를 에워쌌지만 여기서처럼 집 전체가 꽉 차도록 모인 적은 없었다. 그들은 내가 불을 끄자 그때서야 뿔뿔이 흩어졌다. 오늘 숙박비부터는 원산 돈(상평)[18]으로 지불해야 하는데 이것은 달러로 540개이다. 서울 돈[19]은 달러로 환산하면 환율에 따라 1,500개에서 2,000개까지인데 여기서는 이 돈을 받지 않는다.

1월 19일 길은 고갯길이었다.[20] 산은 약 5베르스타(약 5.3㎞) 정도 멀리 있다. 눈은 무릎 절반이 더 될 정도로 쌓여 있다. 초목이라곤 거의 찾아볼 수가 없는 허허벌판이다. 가는 길은 말에게도 보행자에게도 아주 협소했다. 가면서 마주친 마을이라고는 단 3곳이었고 그나마 크지도 않았으며 인가도 몇 채 안 되었다. 전답은 거의 없었다. 야생 염소의 흔적만이 보일 뿐이었다. 꿩 1마리를 잡았으나 너무 말라빠져 먹을 것이 없었다. 5베르스타(약 5.3㎞)를 더 가서 골짜기에 위치한 4가호의 조그만 마을을 만났다. 나는 이 마을을 지나치면서 조선인들이 2정의 화승총을 가지고 손에는 횃불을 든 채 집에서 뛰어나오는 것을 목격했다. 유럽인이 오고 있다는 것을 눈치채자 그들은 어느 정도 멈춰 서 있다가 나를 보내주었다. 그러나 내 짐꾼은 못 가게 하더니 돈을 요구하기 시작했다. 내 권총은 짐꾼에게 있었다. 처음에 나는 무슨 일인지 몰랐으나 곧바로 짐꾼 곁으로 뛰어가 그에게서 권총을 가져왔다. 그러자 조선인들은 뒤로 물러서서 짐꾼을 놓아주었다. 짐꾼에게 한참을 물어본 후에야 나는 이들이 부유한 조선인

---

18) 역주) 숙종 4년에 주조된 이래 조선말기 화폐개혁 이전까지 계속 통용되었던 '상평통보'를 말한다.

19) 역주) 1883년 발행되었던 당오전(當五錢)을 말한다. 그러나 당오전은 주로 수도와 경기도 지역에만 보급통용되었다. 조선의 개항장을 제외한 곳에서는 1894년까지 동전만이 통용되었다.

20) 우수리 지역에서는 고갯길을 산의 지맥(支脈)이라 부른다. 나다로프 대령의 주석.

을 강탈하며 사는 도적 떼라는 것을 알 수 있었다. 이들에게 저항하
는 자들은 죽이고 노획물은 마을 전체가 나누어 갖는다는 것이다. 오
늘 나는 80베르스타(약 85㎞)를 걸어 '철령'21)에 위치한 숙소에 머물
렀다. 이 산이 서울에서 원산으로 넘어오는 길에 있는 제일 높은 산
이다. 내일은 100베르스타(약 106㎞)를 갈 작정인데, 이는 순전히
이 지루한 곳에서 벗어나기 위함이다.

1월 20일 높은 철령을 넘었다. 오르막길과 내리막길은 경사가 매우
깊어서 60도에 이른다. 길은 지그재그로 나 있다. 산을 다 넘고 나서
는 원산에서 10베르스타(약 10.6㎞) 떨어진, '상발(sanbal)' 강이
발원되는 깊은 골짜기(저지대)로 내려갔다. 굽이치는 강을 피해가기
위해 한쪽 강변에서 다른 한쪽 강변으로 자주 옮겨 다니며 북쪽과 북
동쪽을 향해 난 골짜기를 따라 걸었다. 무척이나 경사가 심하고 높은
고갯길이 많았다. 골짜기 정상에서 15베르스타(약 16㎞) 정도 떨어진
곳은 이미 상당히 눈이 녹은 상태여서 군데군데 맨땅 위를 걸어야만
했다. 날은 추웠고 바람은 강한 남풍이었지만 그래도 순풍이라 산을
오르는 데는 도움이 되었다. 가는 도중에 행인도 마차도 거의 만나지
못했다. 저녁 무렵이 되어서야 서울에서 원산으로 난 양 도로가 합류
되는 곳으로 나올 수 있었다. 오후 7시까지 95베르스타(약 101㎞)를
걸었는데, 나루터에서 강을 건널 때에만 말을 타고 갔을 뿐이다. 첫
이틀간은 걷는 게 힘겨웠지만 지금은 자유롭게 100베르스타(약 106
㎞)22)는 갈 수 있다. 원산까지는 65베르스타(약 69㎞) 남았다. 가는

---

21) 역주) 원문에는 'Kosontaryan'으로 표기되어 있다. 지리상으로 볼 때
철령에 가장 근접하므로 본문에는 철령으로 옮겼으나, 추가령일 가능성
도 있다.
22) 역주) 100리를 갈 수 있다는 말로, 이를 환산하면 약 50베르스타이다.

길에 촌락은 드물었으며 규모도 작아서, 다 해봐야 몇 채밖에 안 되었다. 쌀과 가축은 서울에 비해 30% 정도 싸다.

1월 21일 길은 계곡을 향해 남동쪽으로 나 있으며 가는 도중에 골짜기 너머 크지 않은 등성이를 몇 개 지나쳤다. 그러나 원산에 약 10베르스타(약 10.6㎞) 정도로 가까워지자 산은 한쪽으로 멀어졌고 계곡은 5베르스타(약 5.3㎞) 정도의 깊이로 넓어졌다. 눈은 그리 많이 쌓여 있지 않아서 약 $\frac{1}{4}$ 아르신(약 18cm) 정도이다. 원산에서 멀리 떨어진 곳에서 나는 경작지 위에 있는 여우를 봤다. 나를 전혀 두려워하지 않는 걸로 보아 그 여우는 사람들에게 익숙해진 게 분명한데 길에서 약 50사젠(약 105m) 떨어진 거리에 앉아 있었다. 원산에도, 그리고 원산으로 가는 시골에도 능에 떼가 날아다녔다. 능에 2마리를 잡았다. 차고 세찬 북서풍이 분다. 65베르스타(약 69㎞)를 가서 원산에 있는 조선인 신상우(Sin-sanu)의 집에 머물렀다.

1월 22~23일 원산 근교로 사냥을 나갔는데 백조 떼와 오리 떼를 보았다. 긴산[23]에 머무르고 있을 동안 식량을 사두어야겠다고 생각했었는데 정작 가장 중요한 홍차와 설탕은 그곳에서 살 수가 없었다. 원산[24]과 긴산은 동일한 만(彎)의 해안에 위치하고 있다. 긴산은 원산에서 북으로 3베르스타(약 3.2㎞) 떨어진 곳에 위치하고 있다. 긴산에는 중국과 일본 상점이 2곳씩 있으며 조선세관에서 근무하는 유럽인들도 살고 있다. '원산'은 조선에서 가장 큰 촌락이지만 나는 거기서 단지 빵 20개와 홍차, 그리고 버터를 세관 관리에게서 얻을 수 있었을 뿐이다.

---

23) 역주) 각주 (4)를 참조.
24) 러시아의 시베리아 남단 지역 40베르스타 축적지도(약 1:43,000)에서는 Ven-san이다. 역주) 그 당시 다른 명칭으로 불리던 조선 지명을 러시아어 알파벳으로 음차하여 원주로 표기해 두었으나 여기서는 편의상 라틴 알파벳으로 옮겨 놓았다.

만은 거의 원산까지 얼어 있었다. 얼음의 두께는 $\frac{1}{4}$ 아르신(약 18cm) 이다. 이곳이 언 이유는 바다의 파도가 닿지 않기 때문이다. 원산의 맞은편과 만을 따라 북쪽으로 나아가면 망망대해로, 얼음도 얼지 않았다. 조선인들은 원산에서 주로 일본인, 중국인들과 거래를 한다. 이들은 조선인들에게 면직물과 목면, 잡다한 여러 가지 동제품들, 직물염료와 쌀을 대주는데 쌀은 서울에서보다 값이 싸며 대량으로 소모된다. 그 대신 조선인들은 가죽, 동괴, 때로는 금광과 은을 내준다. 조선인들이 각연초(刻煙草)를 파는 곳이 있는데 살담배가 아주 좋긴 하나 맛이 약하다. 원산은 구리 담뱃대와 짚신 제작으로 유명하다. 원산 주변 지역은 산이 험하고 만을 향해 튀어나온 몇 군데 저지대로 갈라져 있다. 그 주변에는 숲을 거의 볼 수가 없으며, 아주 드물게 조그만 소나무와 관목이 있을 뿐이다. 원산에 있는 일본인과 중국인들의 집은 합판으로 지어진 것이며, 원산에만 조선인의 초가집[25]이 있다. 원산에는 일본영사관과 중국영사관이 있고 조선인 책임자인 '부사'는 서쪽으로 8베르스타(약 8.5㎞) 떨어진 지점에 살고 있다. 원산에는 나가사키에서 블라디보스토크를 왕복하는 일본의 급행 증기선이 운항하고 있다. 이 노선은 12월 중순부터 3월까지는 운항이 중단된다.

1월 24~25일 폭설이 내리고 있지만 바람은 잠잠하다. 이동할 수가 없으므로 하는 수 없이 초가집에서 기다려야만 한다.

1월 26일 정오에 원산에서 나와 긴산을 통과하였다. 30베르스타(약 32㎞)를 가 오후 6시에 '민봉(Min-bon)'만에 있는 숙소에 묵었다. 강한 북서풍이 불고 있는데 차갑기가 마치 1월의 블라디보스토

---

25) 역주) 저자는 한국의 초가집을 중국식의 오두막집을 가리키는 판자(fanza)로 부르고 있으나 본문에서는 모두 초가집으로 바꾸어 표기하였다.

크에서와 같다. 눈으로 뒤덮여 통행도 불가능하다. 내 사냥개 '보이코'는 추위에 바들바들 떨고 있을 것이다.

1월 27일 아주 강한 북서풍이 내가 움직이는 방향의 바로 반대편으로 불고 있다. 길은 강을 따라 뻗어 가다가 강 상류에 이르면 산 너머로 이어진다. 인가는 2베르스타(약 2.1㎞)마다 볼 수 있었다. 초목은 원산보다 더 많다. 커다란 소나무와 두꺼운 관목을 볼 수 있었다. 능에 떼를 보았으나 눈이 무릎 위만큼 쌓여 있어 소리 없이 다가갈 수가 없었다. 저녁때가 되어 영흥만26)으로 흘러드는 전탄(Serson)강변에 머물렀다. 강은 군데군데 얼음이 얼지 않았으며 남동쪽으로 약 120베르스타(약 127㎞) 가량 흘러간다. 강에 주민들은 거의 없다. 50베르스타(약 59㎞)를 걸었다. 영흥만까지는 30베르스타(약 32㎞) 남았다.

1월 28일 전탄강에서 20베르스타(약 21㎞) 떨어진 지점에서 크지 않은 도시 '고원'27)과 부사가 사는 '관아'를 보았다. 고원은 폭이 40사젠(약 84m)이며 깊이가 $2 \sim 1\frac{1}{2}$ 아르신(142-178cm)인 덕지강변에 위치하고 있다. 강 하구에 이르기 전 10베르스타(약 10.6㎞) 지점에서 이 강은 전탄강과 합류되어 하나의 물줄기를 이루어 영흥만으로 흘러들어간다. 이 하천은 '영포천(Jakhdjuto)'이라는 이름을 가지고 있으며, 이 강을 따라 짐을 실은 커다란 조선배가 다닐 수 있다. 전탄강과 덕지강을 가로지르는 다리가 있다. 강에 말뚝을 박아 넣고 그 위에 커다란 소나무를 올려 고정해 놓았고 맨 위에는 $\frac{1}{2}$ 아르신(약 36cm) 정도 두께의 굵은 조약돌을 뿌려놓았는데, 통나무가 물에 쓸려 내려가지 못하도록 해둔 게 틀림없다. 자국이 몇 군데 난 걸로 보아 수위가 높아지

---

26) 역주) 영흥만의 러시아 명칭은 영흥만을 발견한 라자레프 제독의 이름을 따서 라자레프 만이다. 본문에서는 모두 영흥만으로 표기하였다.
27) 러시아의 40베르스타 축적지도(약 1:43,000)에서는 Ko-ven이다.

면 물이 다리 위로 흘러넘친다는 추측을 해볼 수 있다. 덕지강은 총 길이가 300베르스타(약 318km)이다. 도로는 계곡 2곳을 통해 나 있는데, 그 계곡을 양쪽으로 가르다가 이번에는 작은 산을 통과하여 책임자인 부사가 살고 있는 영흥[28]시까지 이어진다. 도시는 작고 지저분하며 집들은 거의 허물어져 있다. 이곳은 '용흥'강 위에 있다. 이 강은 내가 지나온 강들 중에서 가장 깊은 강이다. 강 위에 놓인 말뚝 박힌 다리의 길이는 270보이다. 용흥강은 총 길이가 300베르스타(약 318km)에 이른다. 영흥에서 위로 40베르스타(약 42.4km) 떨어진 지점에 '평안도 맹산'시가 위치하고 있다. 영흥에서 바다까지는 약 60베르스타(약 64km)이다. 용흥강은 영포천보다 북쪽으로 10베르스타 떨어진 지점에서 바다로 흘러 들어가는데 여기서는 '오도타노리(Odo-tanori)'라고 부른다. 이곳에서 만은 '파나이(Pa-nai)' 또는 '라자레프'라고 부른다. 원산에서 오도타노리까지 이어지는 만의 해안은 그 길이가 80베르스타(약 85km)이다. 이 강에서는 물고기가 많이 잡힌다. 강에는 케타(연어의 일종)가 산다. 영흥시까지 강을 따라 짐을 실은 큰 조선배가 다닐 수 있다. 파나이 만에서 조선인들은 대량으로 채취한 소금을 여기서 조선배로 조선의 여러 곳으로 납품한다. 소금은 일본인들에게도 판매하며 듣자 하니 소금을 사기 위해 겨울 동안 증기선이 두 번 운행했다고 한다. 조선인들이 말하기를 파나이 만은 절대로 얼지 않는다고 한다. 산 위에서 보니 정말로 만 전체가 깨끗했으며, 단지 강 하구 근처에만 얼음이 약간 얼어 있을 뿐이었다. 일년 내내 조선배는 원산과 연락을 취하고 있다. 만의 해안을 따라 크지 않은 촌락이 형성되어 있다. 주변의 초목은 무척 적은 편이고 인구밀도는 조밀하다. 토양이

---

28) Ion-kheun.

사토(沙土)여서 강이 넘쳐흐르면 그 주변을 침수시키는 것이 틀림없다. 이 지역에서 나는 담배를 조선에서 제일 좋은 담배로 여긴다. 쌀과 수수는 원산보다 이곳이 더 비싸다. 직물과 면포, 무명은 원산에서 가축을 이용해 들여온다. 오늘은 가는 도중에 학을 1마리 잡았다. 60 베르스타(약 64㎞)를 걸었다.

1월 28일 '영흥'시. 여기서는 밀 1되[29]가 450푼에 판매된다. 감자는 없다. 단지 콩이 있을 뿐이다. 가축의 가격은 원산에서와 동일하다. 초목은 거의 자라지 않고 그저 군데군데 인공적으로 식수된 소나무만 보일 뿐이다. 산은 전체가 헐벗었고 모래산이다. 골짜기에는 눈이 조금 쌓여 있다. 강한 북서풍이 불고 있지만 그다지 춥지는 않았으므로 나는 프록코트 두 벌을 입은 채로 갈 수 있었다. 하룻밤 자기 위해 역참에 묵었다. 현지인들이 집을 가득 메울 정도로 모여들었다. 공기가 텁텁해질 정도로 많은 노인과 여인, 그리고 소녀들이 모여들었다. 역참 주인도 어쩔 도리가 없었다. 그들은 내 손과 발뿐만 아니라 내 짐 하나하나를 살펴보고 만져보았다. 내게 빵과 설탕을 달라는 부탁도 했는데, 내가 가지고 있는 것 모두를 달라고 해도 좋을 정도였다. 겨울에 여행하는 중이라서 가지고 있는 식량이 부족하다는 것을 구실로 삼아 부탁하는 이들의 청을 거절할 수 있는 만큼은 거절했다. 조선인들은 내 말에 동의했지만 60베르스타(약 64㎞) 정도만 가다 보면 이 모든 것들을 살 수 있을 거라고 나를 설득했다. 그렇지만 나는 믿지 않는다. 왜냐하면 조선인인 그들도 먹을 것이 없었기 때문이다. 그들은 주위의 초목이란 초목은 모두 그 뿌리까지 파내어 땔감

---

29) 역주) 저자는 우리식 계량단위 되[升]를 러시아의 옛 곡물계량 단위인 '메라(mera)'로 표기해 두었으나 본문에서는 모두 되로 통일해 표기하였다.

으로 사용했다. 내가 촛불을 끈 뒤에야 귀찮은 손님들이 뿔뿔이 흩어졌다.

1월 29일 영흥에서부터 길은 깊고 조그만 골짜기로 이어져 산을 타고 올라가 30베르스타(약 32㎞) 정도 뻗어나가다 험준한 등성이와 만난다. 고개를 올라가니 폭이 1베르스타(약 1.06㎞) 정도 되는 또 다른 골짜기가 보였는데, 계곡 한가운데와 산 주변 지역에서 그러하듯이 그 길의 양편에서 중국인들이 채금 작업을 하고 있다. 샘물(시내)은 골짜기의 한가운데를 따라 흐르고 있으며 거기서 금을 세척한다. 이곳의 조선인들은 2,000명에 이르며 5명에서 10명으로 조를 이루어 작업을 하고 있다. 채금(採金)을 하기 위해서는 영흥 부사가 발급한 허가권이 필요하며 이 허가서는 채금작업을 주시하고 있는 타인에게 양도할 수 없다. 광갱의 깊이는, 그것을 단면이라 부를 수 있다면, 약 $4\frac{1}{2}$ 사젠(약 13.7m)이다. 갱은 아래쪽으로 갈수록 넓어지며 일꾼들은 밧줄을 타고 돌과 사금을 들어올린다. 이 사금은 세척을 위해 특별한 세척 기술자가 있는 강가로 보내진다. 들리는 말로, 이곳은 좋은 채금갱이나 조선인 일꾼들의 급료는 무척 적고, 돈은 전부 원산의 일본인들과 금 판매를 담당하는 관리들에게 돌아간다고 한다. 일하는 사람들은 매우 가난하고 굶주렸다. 그들 중 한 명은 내가 잡은 꿩을 한입 이로 베어 물더니 그 자리에서 다 먹어치웠다. 채금갱 근처에 일꾼들이 식사하는 마을이 있는데 거기서 그들은 번 돈 전부로 술(보드카)을 사고는 거의 헐벗은 채로 다닌다.

이 처량한 곳을 뒤로 하고 나는 산을 넘어 12베르스타(약 12.8㎞)를 걸어서 '사돈차(Sadoncha)' 강까지 갔다. 이 강은 수심이 아주 깊으며, 여기서 바다로 흘러 나가려면 50베르스타(약 59㎞)를 더 가야 한다. 물의 흐름을 보니 상류까지는 20베르스타(약 21㎞) 더 가야 할

것 같다. 사돈차 강에서 2베르스타(약 2.1㎞)를 더 가서 '찰방'30) 소
도시에 다다랐다. 숙소에서부터 겨우 40베르스타(약 42.4㎞) 걸었을
뿐이다. 여기서 감독관31)이 내 짐꾼에게 서울에서 발급받은 여권을 요
구하였고, 그 여권을 보고 나서 담뱃값과 술값으로 30푼을 공손하게
부탁했다. 그렇지만 짐꾼은 한 푼도 내주지 않았다. 여기서 나는 비둘
기를 사고 먼저 길을 나섰다. 길은 헐벗은 산과 골짜기를 따라 나 있었
다. 바람은 완전히 가라앉았다. 인가는 점점 더 드물게 나타나기 시작
했다. 생선을 실은 짐수레도 만나지 못했다. 북청32)에서 서울로 집약
적으로 운송된 생선은 새해맞이를 위해서였다는 걸 알았다. '정평'33) 시
에 이르는 80베르스타(약 85㎞)의 길 전체가 처량하기 그지없다. 역
시나 헐벗은 산과 진흙창이다. 풀이란 풀은 모조리 땔감용으로 뽑아갔
다. 가는 도중에 비둘기 2마리와 꿩 2마리를 잡았으니 이 정도면 내
이틀 치 먹거리로는 충분하다. 정평시는 꽤 큼지막한 골짜기에 자리잡
고 있다. 겉으로 보기에는 제법 괜찮아 보이는데, 그러니까 대문과 지
붕이 곧게 서 있다. 교역은 거의 없다. 쌀은 비싸서 1되-서울식으로는
3되가 된다-에 원산 돈으로 470푼이다. 수수 1되는 450푼이다. 감자
와 밀은 없다. 땅은 황량하여 작년에는 많은 주민들이 기아로 죽었다.
올해는 집집마다 가까스로 자급할 만큼의 식량만을 보유하고 있어, 내
년에도 작황이 좋지 않으면 심한 기근이 들 것을 두려워하고 있다. 가
축도 거의 없다. 셈은 원산 돈으로 치러진다. 부사는 시내에서 꽤 깨끗

---

30) 역주) 원문에는 'Tsan-ban'으로 표기되어 있는데 저자가 찰방(察訪:
　　　조선왕조 때 각도와 역참(驛站) 일을 맡아보던 종육품의 외직)을 만났
　　　던 소도시의 명칭을 혼동하여 이와 같이 기록했을 가능성이 있다.
31) 역주) 이 감독관이 찰방인 듯하다.
32) 러시아의 40베르스타 축적지도(약 1:43,000)에서는 Puk-chkhen이다.
33) 러시아의 40베르스타 축적지도(약 1:43,000)에서는 Chen-pkhion이다.

한 집에서 살고 있는데 이 집은 나머지 집들과 현격하게 구별된다. 산 정상에 올라서 보니 시 외곽 저 멀리까지 다 보이는데 빙 둘러 전체가 산, 산뿐임을 알 수 있다. 경작지와 소택지는 땅의 $\frac{1}{20}$ 밖에 안 되는 듯하다. 정평시에 도착하기 1베르스타(약 1.06㎞) 전까지 내가 지나쳐 온 길은 거의 대부분 가로수 길처럼 그 양 옆으로 나무를 심어 놓았었다. 이 나무들은 오래전에 심어 놓은 것임에 틀림없다. 왜냐하면 그 나무기둥의 둘레가 $1\frac{1}{2}$ 아르신(약 107cm)이 되기 때문이다. 한 나무에서 다른 나무까지의 거리가 5-4사젠(약 47m) 정도 되는 간격으로 심어 놓았다.

도시에 다다르기 전 약 $\frac{1}{2}$ 베르스타(약 0.5㎞) 앞에서 대리석, 또는 다른 석재를 사용하여 단순하게 제작된 기념비를 항상 보게 되는데, 시골에는 조선어가 써 있는 철제 기념비를 세워 두는 것이 보통이다. 일반적으로 길가에 기념비 두 개가 마치 나무로 깎아 만든 조상(彫像)처럼 서로 마주보고 서 있는데, 이는 촌락을 구분하는 것 같아 보인다. 조각상은 칼을 든 조선인의 모습을 하고 있으며 커다란 이빨을 가지고 있다.

원산을 시작으로 시골에 사는 여인과 소녀들은 외투를 걸치지 않는다. 그들 중에서 나는 예쁘기는커녕 단정한 사람조차 단 1명도 보지 못했다. 인상이 좋은 사람을 만났다 하더라도 그들은 대부분 천연두로 인해 보기 흉한 얼굴이었다.

찰방에서 조선인들이 떼로 나를 에워싸는 바람에 나는 식사도 하지 못한 채 떠났다. 정평에서 잘 먹으면 되겠지 생각하며 그저 홍차만 1잔 마셨던 것인데, 여기서도 똑같은 일이 반복되었다. 내가 방 안에 들어가자마자 여느 때와 마찬가지로 수많은 사람들이 몰려드는 바람에

숨을 쉴 수가 없을 정도였다. 수용공간이 1평방사젠(약 2.1㎡)인 방에서 나는 성인과 아이들을 29명까지 셀 수 있었다. 방 안의 엄청난 열기로 인해 나는 어쩔 수 없이 땀을 흘리다가 감기에 걸렸다. 매 분마다 방문이 열리고 닫히기를 반복한 때문이다. 이날 나는 80베르스타(약 85㎞)를 걸어서 무척 피곤했었다. 머리와 다리가 쑤셨다. 쉬고 싶어서 조선인들에게 나가달라고 부탁했으나 내 청은 이루어지지 않았다. 모두 다 지금 간다고 대답하지만 그저 나만 바라보고 있는 것이다. 1명이 겨우 일어서면 다른 1명이 그 자리에 들어오는 식이다. 저녁에 내가 옷을 갈아입고 누워서 촛불을 꺼도 조선인들은 나가기 전에 얼마 동안을 서 있었다. 독한 담배 연기로 가득 찬 방 안의 소음과 비명, 욕지거리와 밀고 밀리는 북새통은 정말이지 고문과도 같은 것이었다. 내일 안으로 '함흥'34)에 닿을 생각이 없어 아침 일찍 출발하지 않을 것이므로 저녁에는 역시나 이런 식으로 집요한 조선인들을 피해야 할 것이다.

1월 30일 열과 오한을 느껴 밤에 잠을 잘 수가 없었다. 정오에 정평을 나섰다. 강하고 찬 북서풍이 불고 있다. 쌓인 눈이 적어 거의 맨땅이었다. 비탈길이 계속되어 10베르스타(약 10.6㎞)를 쉼 없이 올랐다. 경사가 심하다. 10베르스타(약 10.6㎞)를 가고 나니 함흥 계곡으로 가는 내리막길이 시작되었다. 오후 4시에 작은 강 '수원천(Se-chen-chai)' 변에 위치한 '남대천' 촌에 도착했다. 이곳은 함흥에서 30베르스타(약 32㎞), 바닷가에서는 35베르스타(약 37㎞) 떨어져 있다. 나는 속옷을 뒤집어 입기 위해 여기서 머물렀다. 내일 현청 소재 도시인 함흥에 도착할 때 보다 더 정갈한 모습을 갖추기 위

---

34) 러시아의 40베르스타 축적지도(약 1:43,000)에서는 Kham-gion이다.

함이다. 숙소에서 또다시 조선인들이 집요하게 달라붙기 시작하더니 내 초가 끝까지 다 타서 꺼질 때까지도 머물러 있었다. 얼마를 더 앉아 있다가 조선인들은 집주인에게 불을 빌렸는데, 이는 그들의 신발을 찾기 위함이었다. 나는 한밤중에 마치 쥐가 바닥을 긁는 듯한 시끄러운 소리에 잠을 깼다. 이 소리는 내게 무척이나 이상하게 느껴졌다. 그래서 내가 불을 밝혀보았더니 집주인이 내 옆자리에 누워서 내 자루 속에 든 건빵과 설탕을 내 머리 위쪽으로 해서 또 다른 조선인에게 넘겨주고 있었으며, 나는 이 광경을 보고 말았다. 자루를 허술하게 여며놓았던 게 몹시도 유감스러웠다. 건빵은 상당량 줄어 있었다. 이를 보아 그들이 오래 전부터 이 작업을 진행하고 있었음이 틀림없다. 나는 집주인을 톡톡히 혼내주고 나서 자루를 더 꼭 여몄다.

2월 1일 강한 북서풍의 찬 바람을 맞으며 오전 10시에 출발했다. 눈은 쌓여 있지 않았으며 길은 함흥강 분지를 따라 이어진다. 분지는 무척 넓은 편으로 50베르스타(약 59㎞)에 이르며 아주 평평하고 모래로 덮여 있다. 군데군데 조그만 시내가 흐르고 있는데 이 시내는 그 후에 '성천강'[35]으로 흘러 하나로 합류된다. 가는 길에 능에 떼를 보았다. 오후 3시에 함흥에 도착했다.

'함흥'시는 분지의 가장자리이자 높이 솟은 곳(岬)에 위치하고 있다. 도시는 겉벽의 높이가 3사젠(약 6.3m)인 돌로 된 성벽으로 둘러싸여 있다. 성벽 안에는 기와벽이 있는 토성이 있으며 그 안에 수비대가 있다. 기와벽의 두께는 약 1아르신(71cm) 정도이다. 성벽에 달린 4개의 문은 사방으로 나 있다. 서울에서와 마찬가지로 이곳의 문도 오후 7시에 잠기며 오전 6시에 열린다. 이 절차는 군중의 커다

---

35) 역주) 원문 표기는 'Man-sheko'이다.

란 비명과 소총사격과 함께 종을 울리면서 진행되는데 그 소리는 차라리 심벌즈 소리에 가깝다. 함흥 앞에는 성천강을 가로지르는 말뚝 위에 세워진 커다란 통나무 다리가 있는데, 길이는 600보이며 폭은 약 3사젠(약 6.3m)이다. 성천강변의 왼편은 물이 쓸어가 버려 나무를 심어 조약돌로 둘러놓았다. 함흥시 자체는 그리 크지 않으며 약 10,000명의 주민이 살고 있다. 그러나 이곳에는 북부 지방의 책임자가 살고 있으며 '감사'라는 칭호를 가지고 있는데, 러시아의 도지사 정도의 직급이다.

성문으로 들어가고 있는데 내 짐꾼은 행인들 모두가 멈추는 곳에서 잠시 서기를 원했다. 한편 보초는 유럽인에게는 호기심을 보이면서도 조선인으로서 그 누구도 통과시키지 않겠다는 듯한 자세로 우리를 맞아들이지 않았다. 정말이지 나는 겨우 도시 안으로 들어갈 수 있었는데 사방에서 "아라사(러시아인)," "아라사 중(러시아인이 간다)"[36] 하는 비명이 일었고 현지인들이 떼를 지어 내 뒤를 쫓아오는 바람에 아무도 통과할 수 없을 정도였다. 내 짐꾼은 나를 감사의 관청으로 데려가는 것이 가장 좋겠다는 결론을 내렸다. 감사의 관청으로 가는 길에 내게 이 나라를 여행할 권리가 있는지를 묻는 어떤 관리를 만났다. 나는 그에게 서울에서 발급받은 여권을 내주었고 관리는 감사에게 보고하기 위해 그 여권을 가져갔다. 나는 감사의 관청으로 소환되어 여행 중인 관리들이 머무르는 곳으로 가게 되었다. 나는 감사의 관청에 자리를 잡았으니 호사가들의 습격을 피할 수 있으리라 생각했

---

36) 역주) 본문에 표기된 'orasi-chun'이 저자가 소리 나는 대로 바르게 적어둔 것이라면 전국을 유람하는 외국인을 보고 '아라사 중'이라고 외쳤던 것으로 생각할 수 있다. 그렇다면 '러시아인이 간다'는 해석은 저자의 자의적 해석일 수 있다.

었다. 그러나 전혀 그렇지가 않았다. 내가 관청 뜰로 들어가자 아이들은 울타리를 넘어 날아다니기 시작했는데 바로 그때 내 뒤에서 문이 닫혔다. 감사는 내 시중을 들도록 자신의 하인과 관리 2명을 내게 보내어 도착을 축하하면서 나와 짐꾼 그리고 내 개에게 음식을 대접하라는 지시와 우리에게 필요한 모든 편의를 제공하라는 지시를 감사의 이름으로 전달하였다. 나는 내가 내줄 수 있는 한도 내에서 차와 건빵, 버터, 여송연을 관리들에게 대접했다. 내게는 더 이상 아무 것도 없었다. 기침을 심하게 하느라 밤에 잠을 푹 잘 수가 없었다. 아침에 누군가가 방문을 열어둔 덕분에 현지인들이 내게로 떼를 지어 몰려왔다. 경찰들이 몽둥이를 오른쪽, 왼쪽으로 휘둘러 흠씬 두들겨 패, 결국에는 방에서 사람들을 쫓아내고 나서 방문을 닫았다. 그런데도 사내아이들은 창문을 열어 창과 방문에 있는 종이를 잡아 뜯었으며, 그러자 그 구멍으로 수백 개의 눈이 보였다. 밀고 밀리는 북새통에 소음과 비명, 그리고 투닥거림이 일었다. 경찰과 하인들은 욕을 하며 그들을 내쫓으려고 했지만 막을 도리가 없었다. 차를 마실 여유도, 식사를 내올 여유도 없었다. 오전 10시나 되어서야 장교가 와서 사태를 처리하였으니 내가 잠을 푹 잘 수 있었겠는가. 나는 일목요연하게 대답하였고 정오에는 떠날 것이라고 답했다. 그 뒤 나는 옷을 입고 감사에게로 갔다. 감사가 5일째 병석에 누워 있다는 것을 알게 되었다. 감사의 나이는 60세 정도라고 들었다. 나는 감사에게 조선어로 쓰인 내 명함을 주었고 그는 내게 관리를 보내어 좋은 여행이 되기를 빌어주며 내 짐꾼에게는 문서 비슷한 것을 건네주었다. 여기서 나는 아주 괜찮은 담배를 사기 위해 시장으로 갔다. 현지인들이 나를 둥글게 에워싸고 길을 막는 바람에 어렵게 담배 1푼트(409.5g)를 35푼에 살 수 있었다. 그들은 내 옷을 만져보기도 했는데 내가 만약 멈춰 섰더라면 장화와 긴 양말을 벗고 옷의 단추를 풀어보라고 사정했을 것이다. 이런 식으로 1,000여 명의 손을 지나고 나서야 어렵게 내 담배를 살 수 있었으며 집까지는 말에 실어 가져가도록 했다. 현지인들은 창문과 대문을 활짝 열어놓았다. 나는 호되게 앓았다. 정오에 나는 함흥을 떠나면서 내 자신을 가장 행복한 사람이라고 생각했는데, 왜냐하면 매섭고 차가운 북서풍 덕분에 가는 도중 나를 멈춰 세울 사람이 아무도 없으리란 걸 알았기 때문이다. 숙소는 함흥에서 30베르스타(약 32㎞), 바다로부터도 역시 그만큼 떨어진 곳에 있는 촌락에 있었다. 함흥에 도착하기 전 묵었던 숙소에서부터 시작해 지금까지 걷기 힘든 길의 연속이다. 해변을 따라 난 길도 역시 걷기 힘든 길이다. 함흥에 오기 전에 나는 운반용 기계를 매어놓은 암소를 많이 보았었는데 러시아에서는 중국인들이 그 기계로 나무와 풀을 실어 나른다.

이 지역은 무료한 곳으로 산은 헐벗어 초목이라곤 거의 찾아볼 수가 없다. 함흥에서 약 2베르스타(약 2.1㎞) 거리 지점에서 나는 서울에서와 같이 경작지 위를 걸어 다니는 야생 오리 떼를 보았다. 이곳의 셔츠감과 면포는 원산과 블라디보스토크에서 가져온 것이다. 셔츠감은 아르신(71cm)당 45~55푼 정도 나간다. 쌀은 1되-서울식으로는 8되가 된다-에 700푼이다. 가축은 원산에서보다 조금 싸지만 그래도 비싼 편이어서 마리당 4,000~8,000푼 정도 나간다. 2년 동안 계속해서 가축들이 대량으로 폐사한 탓에 지금은 경흥에서 가축을 사들여 오고 있다. 경흥은 러시아 국경에서 가까운 곳으로 가축이 무척 싼 곳이라고 한다.

2월 2일 20베르스타(약 21㎞)의 길이 계곡을 따라 북쪽을 향해 나 있다. 이 계곡의 끝에는 경사가 심한 오르막길이 '성관령(Khosh-kulen)'

으로 이어진다. 이 산의 정상은 그 폭이 약 2베르스타 정도로 거의 수평에 가까운 땅과 같이 보인다. 성관령에서 내려오는 길은 조선인들이 다녀 지그재그로 길이 난 오르막보다 경사가 완만하다. 성관령은 높이가 500사젠(약 1.05㎞)으로, 오로지 이 산에만, 보다 더 정확히 말하자면 오르막 길에만 나무들이 베이지 않은 채 남아 있었다. 여기서는 참나무와 호두나무 그리고 작은 관목뿐만 아니라 잎이 무성하고 제법 굵은 소나무도 볼 수 있다. 여기서 야생 멧돼지를 잡았다. 나는 성관령의 반대편(북쪽) 경사면으로 내려오기 시작했는데 이 길은 그다지 규모가 크지 않은 계곡을 따라 나 있었으며 그 양 편으로는 숲이라고는 조금도 그 흔적이 없는 험준한 산들이 이어졌다. 저녁 무렵 나는 작은 계곡에 흐르는 '서대천(Buzhjuchi)' 강변에 위치한 '홍원'[37]시에 도착했다. 서대천은 산악하천의 특성을 지니고 있어 수심이 바다 쪽보다 $\frac{1}{2}$ 베르스타(약 0.5㎞) 더 깊다. 형변시에는 부사가 살고 있는데 오늘은 집에 없었다. 나는 그 부사를 '함경산맥 (Khan-ki-njan)'에서 만난 바 있다. 내 짐꾼인 박 서방은 부사의 관청으로 말을 몰아가더니 문지기에게 소리치기 시작했다. 문지기는 곧바로 나와서 여행하는 관리들이 묵는 처소로 나를 데려갔다. 내게 서울에서 발급해 준 여권을 보여달라고 부탁하자 박 서방은 감사가 준 서류를 그들에게 내주었다. 당장 불을 밝히고 초를 가져왔다. 저녁에는 밥과 고기 몇 점, 생선 2조각과 매운 양념들로 차린 식사를 내왔다. 개에게도 음식을 주었는데 나의 보이코는 내 것과 자기 것, 이렇게 이인분을 받게 되자 무척 행복해했다. 어디서나 그랬던 것처럼 사람들이 몰려들었으나 부사의 보좌관이 관청 안에 아무도 들어오지 못하도록 질서를 잡아주어 나는 평온한 밤을 보내게 되었다. 아침에 관청 전체가 사람들로 붐볐으나 창문과 방문은

---

37) 러시아의 40베르스타 축적지도(약 1:43,000)에서는 Khen-ven이다.

찢지 않았다. 부사의 보좌관은 내게, 먼저 까치를 쏘고 그 다음에는 까마귀를 쏘아달라고 청하고 나서 내 소총과 개에게 아주 만족해했다. 나는 그에게 내가 잡은 값비싼 오리와 들꿩을 선물했다. 부사가 사는 곳을 둘러보았는데 그곳은 다른 공간과 전혀 구별되지 않는다. 그 안은 무척 초라했다. 부사직을 알리는 상징물은 특별한 집 안에 들여 놓았으며 부사는 이곳을 드나든다. 쌀 1되-서울식으로는 2되가 된다-는 180푼이다. 면포와 캘리코38)는 아르신(71cm)당 45~59푼에 판매된다.

   2월 3일 오전 10시에 출발했다. 길은 계곡을 따라 뻗어 있다. 숙소에 도착하기 전 절반 정도 거리에 이르렀을 때 길이가 5베르스타(약 5.3㎞), 폭이 2베르스타(약 2.1㎞)에 이르는 만 2곳을 보았다. 만에는 얼음이 없었다. 조선 나룻배 여러 척이 고기를 잡고 있었다. 가는 길에 엄청난 수의 능에 떼와 강에 있는 백조 떼를 만났다. 꿩 2마리와 비둘기 3마리를 잡았다. 그리고 가족과 함께 가재도구를 들고 북쪽으로 이동하는 조선인들을 많이 만났다. 자기 집에서는 굶어 죽을까 두려워 좀 더 물가가 싼 곳을 찾아 나선 것이다. 쌀 일인분이 이곳에서는 80푼에 이르는 반면, 원산에서는 35~40푼이다. 이곳의 유각가축은 크기가 작고, 대지는 헐벗었다. 거지들이 언제나 귀찮게 쫓아다닌다. 오늘 날씨는 좋은 편으로 바람이 잠잠하다. 눈은 $\frac{1}{4}$ 아르신(18cm) 쌓여 있는데 이는 함흥에서보다 더 많은 것이다. 저녁 무렵까지 50베르스타(약 59㎞)를 걸었다. 조선인들은 마차에 짐을 싣고 나르는데 산을 오르거나 산 아래로 갈 때는 짐을 손에 들고 가다가 평지가 나오면 다시 짐을 마차에 싣는다. 숲은 없다.

   2월 4일 오전 8시에 출발했다. 길은 깊은 골짜기를 따라 동쪽을

---

38) 역주) 카네킨(canequin)으로 촘촘히 짠 면직물로서 셔츠, 손수건, 커튼 등에 사용한다.

향해 나 있는데 경사가 심한 벌거숭이산을 많이 거쳐야만 했고 눈도 많이 쌓여 있다. 이 지역에서 짐은 우마차로 운반한다. '북청'39)에 도착하기 2베르스타(약 2.1㎞) 전부터는 쌓인 눈을 전혀 볼 수 없다. 이곳에는 오리와 능에가 무척 많다. 이곳의 오리는 서울만큼이나 많은데 오리는 얼지 않는 산속 개울에서 지낸다. 돌 위, 그리고 햇볕이 잘 드는 계곡에 있는 오리는 황금빛을 띤다. 오늘은 나한테만 오리들이 마법에 걸린 것만 같았다. 9발을 쏘았고 대부분 명중시켰건만 한 마리도 잡질 못했다. 저녁 무렵이 되어서야 겨우 오리 2마리를 잡을 수 있었다. 해질 녘에 북청역에 도착했고, 내 짐꾼은 내가 사냥에 몰두하고 있을 동안 곧장 시내로 향했었다. 도시의 성벽 문 앞에서 두 명의 경찰이 나를 맞아주었다. '빈사'40)가 보낸 경찰들은 나를 정해진 숙소까지 데려다 주고 호사가들을 피할 수 있도록 길을 정리해 주기 위해 온 것이다. 그러나 내가 시내에 들어가자마자 거리는 말 그대로 현지인들로 넘쳐났다. 그들은 오늘 저녁 러시아인이 온다는 것을 경찰에게 들어 알고 있었던 것이다. 내게 정해진 장소로 간신히 갈 수는 있었으나 역시 그곳에서도 함흥에서와 마찬가지로 똑같은 일이 기다리고 있었으니, 어디에서나 현지인들로 만원이다. 경찰 4명과 가마꾼 10명도 손 쓸 도리가 없었다. 십여 명의 사람들을 방에서 밀어내면 더 많은 사람들이 방 안을 가득 메웠던 것이다. 저녁에 내가 편히 쉬고 있는지를 알아보기 위해서, 그리고 나의 도착을 축하하기 위해서 빈사가 보낸 관리가 도착했다. 나는 그의 배려에 고맙다는 인사를 하고 나서 빈사에게 이곳에는 없는 꿩 2마리와 오리 1마리를 보냈다.

---

39) 러시아의 40베르스타 축적지도(약 1:43,000)에서는 Puk-chkhen이다.
40) 역주) 원문에는 'Pinsa'으로 표기되어 있는데, 정확한 명칭인지 알 수 없다.

빈사는 자신의 아이들을 위해 설탕 약간, 그리고 홍차와 성냥을 부탁했다. 나는 마지막 성냥갑과 홍차, 그리고 약 1푼트(409.5g)의 설탕을 내주었다. 빈사는 매우 만족스러워하며 여행 중인 나에게 새끼돼지를 잡아주도록 지시했다. 새끼돼지는 밤중에 내게로 보내졌으나 그것은 반쪽뿐으로, 나머지는 하인들이 다 먹어치웠던 것이다.

2월 5일 오늘은 빈사의 환대에 대한 감사와 작별인사를 하기 위해 오전 9시경 그에게 갔다. 그러나 가는 도중에 짐꾼이 말하기를, 지금 빈사가 옷을 입고 있다는 것이다. 그래서 나는 부사에게 들렀다. 부사의 관청은 다른 집들에 비해 그 규모가 크다는 점이 다를 뿐이다. 부사는 건강이 좋지 않았는데 흉부가 좋지 않고, 기침을 한다. 부사는 36세이다. 그는 자신의 아내를 내게 소개시켰을 뿐만 아니라 자신의 명함을 주며 그것을, 말하자면 그와 안면이 있는 마튜닌41)에게 전해달라고 부탁했다. 그 후 부사는 조선어로 써 있는 내 명함을 '중군'42)에게 전해주고자 나를 그에게로 보냈다. 경찰이 노래를 부르는 가운데 부사가 내게 대문을 열어주었고 나는 중군이 있는 곳으로 갔다. 어디나 그렇듯이 이곳도 허름하기는 마찬가지였다. 중군은 70세 된 노인으로 붉은색 실크로 만든 옷을 잘 차려입고 있었다. 잠시 머물다가 작별인사를 하고 책임자인 빈사에게로 갔다. 돌을 깔아 만든 인도의 양편에 관청에서 대문에 이르기까지 군인과 경찰들이 도열하고 서 있었다. 빈사의 처소 안에는 가마꾼, 보초와 같은 일군의 하인들이 서 있었다. 나는 오른쪽을 지나 벌써부터 나를 기다리고 있는 빈사의 처소로 갔다. 인사를 나누고 나서 빈사는 친절하게 내게 양탄

---

41) 남우수리 지역의 국경 책임자이다.
42) 역주) 원문에는 'chun-gun'으로 표기되어 있는데, 정확한 명칭인지 알 수 없다.

자 위에 앉으라고 청하며 그 자신은 양탄자 옆에 있는 돗자리 위에 앉았다. 실내는 초라했다. 그런데 빈사는 시계와 유럽에서 만든 커피 크림용 단지를 가지고 있었다. 차를 내왔다. 빈사는 내게 자신의 무기와 공식 의상, 그리고 직위를 표시하는 징표를 보여주었다. 그러나 이것들 중 흥미를 끄는 것은 거의 없었다. 빈사는 자신의 처소에서 지내라며 나를 초대했으나 나는 거절했다. 왜냐하면 첫째, 호사가들의 집요함에 시달린 결과이며, 둘째는 시간이 촉박했기 때문이다. 빈사에게 새끼돼지에 대한 고마움을 전하며 작별인사를 한 뒤 나는 혼자서 숙소로 향했다. 그러나 짐꾼이 자기 말에 제철을 박아 넣고 있었기 때문에 바로 출발할 수가 없었다. 이보다 더 근본적인 이유는 아침에 북청에서 도둑맞은 내 모자를 기다리고 있었기 때문이었다. 저녁에 이동할 수밖에 없었다. 그 전에 이미 관청의 뜰과 처소에 군중이 운집했다. 그들을 쫓아내기 위해서 결국 부사를 불러야만 했다. 그 안으로 할머니와 소녀들, 할아버지와 청년들이 무리를 지어 모여들었는데, 주로 아이들이 많았다. 그들이 하는 말로 인해 뜰 안에는 소음이 일었다. 가장 고생한 이는, 당연히 나의 개 보이코였다. 내던진 물건을 물어오라는 부탁을 수천 번 개에게 했었기 때문이다. 개의 크기를 더 잘 가늠해 보기 위해 그 털을 만져대며 또한 내 소총도 만졌다. 마침내 내가 길 밖으로 나갔을 때 군중은 5베르스타(약 5.3 ㎞) 넘게 나를 배웅하며 계속해서 까치나 까마귀를 총으로 쏴보라고 졸라댔다. 내가 그들의 청을 들어주자 그들은 멈춰 서서 '잘 가시오'(빈나니코우)[43] 하며 소리쳤다.

---

43) 역주) 저자가 소리 나는 대로 적은 한국어 작별인사로, 그가 순전히 잘못 듣고 표기했을 수도 있고 혹은 북한 사투리를 들리는 대로 표기했을 가능성도 있으므로 원문에 표기된 'Pinnanikou'로는 정확한 표현을

거의 먹지고 못하고 자지도 못한 북청을 떠나 30베르스타(약 32㎞)를 가서 쉬기 위해 머물렀을 때는 이미 깊은 밤이었다. 오늘은 가던 길에 서울에서부터 줄곧 잡았던 그런 오리를 도저히 잡을 수가 없었다. 오리의 머리통은 누르스름하며 눈은 푸른색으로, 전체적으로는 황금색인데 날 때면 현란한 색으로 바뀐다. 대체적으로 이 오리는 그 색으로 보아 배와 등은 꿩이나 수탉과 비슷하다. 가슴과 목에는 검은색의 좁고 둥근 띠가 있는데 울음소리는 꼭 원앙 같으며 단지 그 소리가 더 클 뿐이다. 크기는 뇌조 정도이며 무게는 7~8푼트(약 3㎏) 정도 나간다. 주둥이는 원앙처럼 생겼고 깃털이 아주 무성해서 총을 쏴 맞추기가 어렵다. 꼬리 길이는 $\frac{1}{4}$ 아르신(18cm) 정도로, 윗부분은 푸르고 아래는 황금빛이다. 다리는 검다. 조선인들은 이 오리를 '비오리'라고 부르는데, 번역하면 수계(水鷄)가 된다.

날씨는 화창하고 바람도 자며 따뜻하다. 북청에서 바다까지는 30베르스타(약 32㎞)이다. 북청은 돌로 쌓은 성벽으로 둘러싸여 있는데 그 높이가 약 3사젠(약 6.3m)이며 5개의 문이 있다. 북청의 주민 수는 함흥보다 적다. 북청은 높고 험준한 산 사이의 분지에 자리잡고 있다. 이곳에서 작은 '남대천'강이 흐른다. 목재용 나무는 분지에도, 산에도 없으며 사방이 헐벗었다. 땔감은 우마차로 60베르스타(약 64㎞) 떨어진 곳에서 시내로 운반한다. 이곳의 가축은 1마리당 3,000~7,000푼이다. 쌀 1되 ─서울식으로는 $2\frac{1}{2}$ 되가 된다─ 는 220푼이다. 전반적으로 이곳의 작황 상황은 다소 나은 편이다.

2월 6일 눈이 내리고 있지만 조용하고 따뜻하다. 오전 9시에 출발하여 40베르스타(약 42.4㎞)를 간 뒤 숙박하기로 했다. 험준한 산을

알아내기 어렵다.

따라 이어지던 길이 바다로 난 내리막길이 되더니 10베르스타(약 10.6㎞) 거리의 해안도로가 나왔다. 해안을 따라 매우 높은 절벽이 뻗어 있고 마치 공중에 걸린 것 같은 엄청나게 큰 바위가 튀어 나와 있다. 해안가를 따라 가면서 어부들이 살고 있는 촌락을 두 군데 보게 되었다. 주로 청어와 날빙어를 잡는다. 마른 생선은 서울로 보낸다. 청어 가격은 20마리에 8푼이다. 커다란 소가죽은 1,000푼이다. 가축은 북청보다 조금 싼 편이다. 쌀 1되-서울식으로는 3되가 된다-는 250푼이다. 감자와 밀은 없다. 귀리와 보리 역시 털끝만큼도 없다. 200베르스타(약 212㎞) 정도 너머 마태산[44]에서 이것들을 재배한다고들 하는데 나는 이 말을 믿지 않는다. 숙소에 다다르기 1베르스타(약 1.06㎞) 전 산중턱 한 곳에서 제법 무성한 숲을 보았는데 대부분이 소나무였다. 이 숲은 내가 나중에 알게 된 바에 따르면, 50년 전에 지금은 벌써 처형되고 없는 한 관리가 심었다고 한다.

2월 7일 오전 8시에 길을 나섰다. 길은 계속해서 북부 저지대를 따라 나 있었으며, '이원'[45]산에 미처 다 못 가 남동쪽은 막혀 있고 바다 쪽에서 볼 때는 탁 트인 만의 해안으로 흐르는 작은 개울을 따라서 난 내리막길이 이어졌다. 이곳에는 해안뿐 아니라 바다에도 조선인들의 배가 많다. 이 배들 중 몇 척은 여름철에 어획을 위해 러시아 영토로 들어오며 포시에트[46]와 블라디보스토크에도 가서 면포를 들여오고 있다.

---

44) 역주) 원문에는 'Mate'라고 표기되어 있는데, 정확한 명칭은 알 수 없다.
45) 러시아의 40베르스타 축적지도(약 1:43,000)에서는 I-ven이다.
46) 역주) 동부 시베리아의 훈춘(琿春) 동남방 100㎞에 있는 항구도시로 당시 한인들은 이곳을 '목허우'라고 불렀다. 항구를 중심으로 하여 근방에 한인 정착지가 여러 곳 조성되었으며, 또한 이곳은 항일독립운동의 근거지가 되었던 곳이기도 하다. 2001년 10월 18일 광복회와 고려학술재단이 러시아정부의 협조를 얻어 이곳에 이상설 유허비를 세웠다.

이때 여러 척의 배가 생명을 마치기도 하는바, 해안 전체가 거의 다 탁 트여 있는 데다 암초도 많기 때문이다. 이원시는 그리 크지 않다. 이곳 에는 '현감'이 산다. 그는 서울에 가 있어 거처에 없었으며, 그의 직무 는 보좌관인 중군이 수행했다. 숙소는 제법 괜찮았고 현지인들은 여느 때처럼 많았다. 촌장의 부탁을 받고 나는 그들을 전부다 방에서 쫓아냈 다. 역시 같은 촌장의 부탁으로 공중의 까마귀를 쏘았는데 이에 모두가 열광하였다. 나는 중군에게 약간의 설탕과 건빵을 주었다. 오늘은 40베 르스타(약 42.4㎞)를 걸었다. 이원에서의 상거래는 보잘것없다. 유각 가축은 마리당 5,000~7,000푼이다. 귀리와 밀, 감자는 없다. 쌀1되 ─서울식으로는 $3\frac{1}{2}$ 되가 된다─는 240푼이다. 소가죽은 러시아 돈으 로 3루블이다. 면포는 아르신(71cm)당 35푼이다.

2월 8일 오전 8시에 길을 나섰다. 길은 해안을 따라 뻗어 있었으며 크고 작은 만(灣)들은 소도시(찰방) '고지(Kozhi)'에 도착할 때까지 볼 수 없었고 이어지는 길은 '둔구령(Tungu-rjan)'의 정상을 향해 난 경 사가 심한 오르막이다. 이 산은 무척 높다. 경사가 심한 오르막길은 약 3베르스타(약 3.2㎞), 내리막길은 10베르스타(약 10.6㎞)이다. 산 주 변에는 숲이 없다. 산 정상에서 50베르스타(약 59㎞) 떨어진 곳에 바 다가 보였다. 만은 그 어디에도 보이지 않았고 그저 산, 산, 산뿐이었 다. 50베르스타(약 59㎞)를 걸었다. 도중에 꿩을 잡았다. 면포 1아르 신(71cm)의 가격은 35푼이다. 그러나 이곳의 아르신(71cm)은 서울 식 아르신보다 1베르스타(약 1.06㎞) 더 길다. 도중에 단천 부사를 만 났다. 그는 함흥에 가는 길이었다. 많은 사람들이 짐을 나르며 그를 수 행하고 있다. 함흥에서부터, 아니 그보다 더 이전부터 나는 여행 도중 내내 어떤 움직임도 만나질 못했었다. 통신과 화물 운송은 우마차로 이루어진다. 눈은 약 $\frac{1}{2}$ 아르신(36cm) 쌓여 있다. 날씨가 따뜻해서 눈이 고 있다. 개울의 얼음은 거의 다 풀렸다.

2월 9일 오전 8시에 출발해서 정오경에 '단천'시에 도착했다. 약 10베르스타(약 10.6㎞)가량 험준한 산맥을 따라 뻗은 길은 눈이 벌써 다 녹아버린 계곡을 따라 20베르스타(약 21㎞) 더 이어진다. 도중에 여우를 보았고 그 여우를 쫓아 약 3베르스타(약 3.2㎞)를 갔으나 잡지는 못했다. 단천시는 산기슭 옆 해안으로부터 3베르스타(약 3.2㎞) 떨어진 분지에 자리잡고 있다. 도시는 삼각형 모양을 한 돌로 쌓은 성벽으로 둘러싸여 있다. 성벽의 높이는 약 2사젠(약 4.2m)이다. 성벽에는 4개의 문이 있다. 폭이 500보인 강이 분지로 흐르는데, 이 강의 총길이는 180베르스타(약 191㎞)라고 한다. 강 하구에 곳은 없다. 강 위에는 다리가 놓여 있다.

여기서부터 60베르스타(약 64㎞) 더 가면 금채굴장이 있으며 200 베르스타(약 212㎞) 더 간 곳에는 은광이 있다. 금은 원산으로 팔려나가고 은은 서울로 가져가 반지나 그 밖의 남녀용 장식품으로 세공된다. 쌀 1되─서울식으로는 $3\frac{1}{2}$ 되가 된다─가 여기서는 190푼이다. 유각 가축은 마리당 3,500∼7,000푼에 판매되는데 전반적으로 싼 편이다. 가장 큰 소가죽은 700∼800푼이며 원산으로 팔려나간다. 담배 $\frac{1}{2}$ 푼트(약 205g)는 10푼이다. 면포와 셔츠감은 아르신(71cm)당 35∼50 푼에 판매되는데 러시아식으로 환산하면 $\frac{3}{4}$ 아르신(약 53cm)이 된다. 옥양목은 경흥과 원산에서 가져온다. 단천에서의 상거래는 극히 미약하다. 이곳의 주민 수는 북창보다 2배 적다.

단천에 도착할 즈음에 경찰과 함께 있는 어떤 관리가 나를 맞이하여 내게 정해진 거처로 데려다 주었다. 가는 길에 그들은 보초에게 대문과 창문을 닫으라고 소리쳤지만 수백 명의 주민들이 관청의 뜰과 방으로 밀려들어 왔다. 보초들의 노력은 허사로 돌아갔다. 내가 방으로 들어가니 호사가들은 곧바로 방문과 창의 종이를 찢어놓았다. 그래서 나는 틈으로 들어오는 바람을 맞으며 자야만 했다. 내가 머무른 곳에 부사의 보좌관인 '차서'⁴⁷⁾가 있었다. 나는 그에게 설탕과 건빵을 대접했다. 점심식사로는 삶은 닭과 밥과 함께 나온 돼지고기를 대접받았다.

오늘은 겨우 30베르스타(약 32㎞)밖에 가질 못했다. 내 짐꾼 박서방은 더 가려고 하질 않았는데 이는 가장 가까운 역참이 90베르스타(약 95.4㎞) 떨어져 있기 때문이다. 숙소의 경비들이 내 프록코트와 외투의 단추를 모조리 잘라놓았다. 눈은 전혀 오지 않고 날씨는 봄날처럼 고요하고 따뜻하다. 주민들은 드물게 보이고 숲은 없다.

2월 10일 오전 8시에 출발했다. 관청 직원이 나를 호사가들로부터 보호하면서 약 3베르스타(약 3.2㎞) 정도 시내 밖까지 배웅해 주었다. 나는 차서의 청으로 공중의 까치와 까마귀를 잡았고 이 광경은 나를 시내 밖까지 배웅하던 군중 전체를 열광하게 하였다.

길은 조그만 골짜기를 따라 5베르스타(약 5.3㎞) 정도 이어지다가 큰 산을 넘어 제법 깊은 '북대천(Ton-zu)'쪽으로 난 내리막길이 되었다. 강은 여기서부터 90베르스타(약 95.4㎞) 떨어진 곳에서 발원된다. '북대천' 변에는 큰 상업촌락이 있는데 경흥에서 들여온 면포를 많이 팔고 있다. 이어지는 길은 강의 계곡을 따라 위쪽으로 나 있었으며 정확히 북쪽을 향하고 있었다. 계곡에 쌓인 눈을 볼 수 없었다. 계곡의 폭은 약 2베르스타(약 2.1㎞)이다. 촌락은 아주 드물다. 능

---

47) 역주) 원문에는 'tsa-so'으로 표기되어 있는데, 정확한 명칭인지 알 수 없다.

에 8마리를 보았다. 50베르스타(약 59㎞)를 걸었다. 내일은 가장 큰 산맥인 '마천령'을 넘어야 한다. 경작지는 산맥을 타고 펼쳐져 있는데 저곳을 경작하려면, 더 정확하게 말해서 깨끗이 정리하려면 많은 수고가 필요하겠다 싶다.

2월 11일 같은 계곡을 따라 약 2베르스타(약 2.1㎞)를 걷고 나니 '마천령' 산맥으로 오르는 길이 시작되었다. 이 오르막은 정말로 넘기 힘들었는데 조선산 말들이 거의 수직에 가까운 이곳의 낭떠러지를 빠져나오는 모습을 보니 놀라울 뿐이었다. 산으로 난 오르막길에 이어서 내리막길은 약 30베르스타(약 32㎞) 정도이다. 산 정상에서 내려다본 정경은 눈을 떼지 못할 정도였다. 내륙은 첩첩산중으로, 바다 쪽으로는 가파른 절벽이 돌출해 있다. 해안에는 작은 곶도 보이지 않는다. 산기슭과 골짜기에는 조그만 나무들이 은신처삼아 자라고 있었다. 이 골짜기를 따라 가다 그 뒤로 이어지는 계곡을 따라 책임자인 '감사'가 있는 '성진'[48] 요새까지 갔다. 요새 바로 옆에는 큰 촌락이 있다. 성진 요새는 크지 않고, 반도(半島)에 위치하고 있으며 이중 성벽으로 둘러싸여 있다. 감사는 내측 성벽 너머에 살고 있다. 나는 요새의 내측 성벽 너머에 있는 숙소에 머물렀다. 요새의 수비대는 화살과 화승총 400대를 보유하고 있다. 촌락은 유리한 어획 조건을 갖춘 강변에 자리잡고 있으며 주민 대부분은 어업에 종사한다. 산악하천이 있다.

2월 12일 오전 8시에 출발하여 계곡을 따라 걸었다. 여기서 산맥이 갈라지는데 폭이 30베르스타(약 32㎞) 되는 계곡이 10베르스타(약 10.6㎞) 정도 이어진다. 인구밀도는 강변에서 그랬던 것처럼 계

---

48) 러시아의 40베르스타 축적지도(약 1:43,000)에서는 Son-chzhin이다.

곡 주변에서도 조밀하다. 많은 조선인들이 여기서 블라디보스토크로 들어가는데 날씨가 좋으면 4~5일의 여정으로 가능하다. 북청에서도 많은 사람들이 블라디보스토크에 가곤 하는데 6~7일이 소요된다.

이곳의 면포와 캘리코, 백색 무명은 블라디보스토크에서 가져온 것으로, 주로 거룻배를 이용한다. 그러나 더 많은 수량의 면직물은 여기서 800베르스타(약 848km) 떨어진 지점에 있는 경흥에서 들여온다. 무명 1아르신(71cm)의 가격은 45푼이며 면포는 30~35푼, 캘리코는 50푼이다. 밀, 귀리, 감자, 수수는 없다. 무게가 12~14푸드(약 197~229kg) 나가는 가장 큰 가축은 7,000~8,000푼이다. 근처에는 방연광 산지가 있다. 방연광은 1푼트(409.5g)당 15푼에 판매된다. 오늘은 30베르스타(약 32km) 걸었고 정오에 한 촌락에서 쉬었다. 말이 등에 타박상을 입어 더 갈 수가 없었다. 조선인이 말을 치료하기 위해 머물러야만 했던 것이다.

오후 7시에 부사가 보낸 경찰과 관청 직원이 길주시에서 60베르스타(약 64km) 떨어진 곳에 있는 나를 만나기 위해 왔다. '길주'[49]의 조선인들로부터 외국인이 오고 있다는 말을 들어 알고 있었던 부사가 나를 시내로 안내하도록 소속 관리들을 보냈던 것이다. 숙소에서는 현지인들이 또다시 집이 가득 차도록 모여들었다. 경찰들이 와 있었으니 이 얼마나 다행인가.

2월 13일 새벽 4시경에 출발했다. 길은 약 5베르스타(약 5.3km) 정도 계곡을 따라 나 있더니 그 다음에는 산을 넘어 '남대천'강의 계곡으로 이어지는 내리막길이었다. 남대천강은 제법 넓지만 수심이 얕아서 그 위로 거룻배가 다니지 못한다. 촌락은 남대천강 기슭에 조밀하

---

49) 러시아의 40베르스타 축적지도(약 1:43,000)에서는 Kil-chzhju이다.

게 조성되어 있으며 강 하구에서 강을 따라 위쪽으로 약 20베르스타 (약 21㎞)에 걸쳐 마을을 이루고 있다. 토지는 전부 경작지로 개간되었으나 조선인들은 땅이 좋지 않다고 불평한다. 숲은 거의 없다고할 수 있으며 짚과 풀을 땔감으로 사용한다. 쌀 1되-서울식으로는 3되가 된다-는 220푼이며 유각가축은 5,000~9,000푼이다. 가는 도중에 '우수탄(Usu-tan)'촌으로 몰아가는 유각가축을 많이 볼 수있었다. 그곳은 내가 면포와 무명으로 물물교환을 할 요량으로 묵어갔던 곳이다. 산이 있기는 하지만 그다지 높지 않으며 주변으로는 완만한 경사지가 포진되어 있다. 가는 길에 오리 3마리와 꿩 1마리를잡았으나 그 이후로는 더 이상 아무 것도 볼 수 없었다. 숙소에 도착하기 전 약 20베르스타(약 21㎞) 지점에서 길주시의 책임자인 '목사'를 만났다. 이 직위는 부사보다 조금 더 상급직에 속한다. 그는 썰매를 타고 가고 있었으며, 많은 사람들의 수행을 받았다. 목사는 나를멈춰 세우더니 목적지를 물어보았다. 이어서 내게 안녕을 기원하며부하 군인에게 나를 자신의 관할구역 경계까지 안내해 줄 것을 명령했다. 나는 목사에게 내가 잡은 오리와 꿩을 선물했다. 길주 너머 10베르스타(약 10.6㎞) 지점에 있는 조그만 촌락을 발견하여 나는 그곳에 머물기로 했다. 이곳에는 호사가들이 적을 터이니 더 편하게 쉴수 있으리라는 기대감에서였다.

2월 14일 오전 8시에 출발해서 같은 계곡을 따라 걸어 정확히 오전 11시에 길주시에 도착했다. 내가 머문 관청은 이미 주민들로 가득 차있었다. 나는 도시 외곽에서부터 이미 사람들을 보았었다. 경찰과 관리들-복치50)-은 군중들을 제압할 수가 없었다. 점심을 먹고 나는 도시

---

50) 역주) 원문에는 'bokchi'로 표기되어 있는데, 그 정확한 명칭은 확인할수 없으나 수령에 속해 있던 경찰에 해당하는 군교(軍校)를 지칭하는

구경을 나섰다. 집들은 금방이라도 허물어질듯 처참한 상태였다. 차서의 집은 다른 집들에 비해 조금 더 크지만 근본적으로는 나머지 집들과 그다지 다르지 않다. 지저분하고 초라하기는 마찬가지다. 상거래는 미약한 수준이다. 상점에는 면포와 옥양목이 많다. 무명 1아르신($\frac{3}{4}$ 러시아 아르신(약 53cm))이 85푼이며 면포는 33~40푼이다. 쌀 1되－서울식으로는 4되가 된다－는 250푼이며 동량의 수수가 150푼이다. 밀과 귀리, 감자는 전혀 안 보인다. 이곳의 가축들 상당수가 블라디보스토크로 팔려나간다. 현지 가축 가격은 러시아 돈으로 25~40루블이며 고기 1푸드(16.38kg)는 약 3루블 50코페이카로, 가죽은 계산에 넣지 않는다.

길주시는 바다에서 60베르스타(약 64㎞) 떨어져 있다. 길주시를 흐르는 강은 곶을 형성하지 않은 채 바다로 흘러나간다. 길주에는 2명의 통역관이 있으나 그들은 러시아어 단어 몇 개만을 알고 있을 뿐이다. 도시는 돌로 쌓은 성벽으로 둘러싸여 있는데 높이는 $1\frac{1}{2}$ 사젠(약 3.2m)이며 사각형 모양을 한 4개의 성문이 있다. 성벽의 길이는 약 2베르스타(약 2.1㎞)이다.

호사가들이 몰려들어 생긴 혼잡스러움을 견딜 수 없었기 때문에 같은 날 길주를 떠나야만 했다. 책임자는 남아 있기를 부탁하였으나 나는 그의 배려에 감사를 표하고는 역시 같은 방향으로 난 계곡을 따라 숙소까지 25베르스타(약 27㎞)를 더 갔다. 오늘은 겨우 35베르스타(약 37㎞)밖에 가지 못했다. 날씨는 따뜻하고 쌓인 눈은 없다. 산맥 주변으로는 경사가 완만한 비탈이다. 주민 수는 제법 많으나 부락을 이루어서 사는 대신 대부분 각자 초가집에서 살고 있다. 대체로 골짜

듯하다.

기가 형성된 곳에 초가집이 있는데 이는 경작지로 적합한 땅에는 살 집을 짓지 않기 때문인 것으로 여겨진다.

개울의 얼음은 풀렸다. 개울 근처 골짜기에 있는 내 숙소 옆, 크기가 거의 산만한 동산에는 바로 길가에 온천수51)가 솟는 분수가 두 줄기 흐르고 있다. 물은 그다지 뜨겁지 않아 보였으나 손을 넣어보니 손가락에 화상을 입을 정도였다. 물맛은 짭짤하며 그 침전물을 보니 철이 다량 함유된 물이라는 것을 알 수 있다. 조선인들은 저장고를 만들어 놓고 세탁물을 빨러 온다. 분수 주변의 돌은 뜨거웠다. 조선인들은 이곳이 조선의 유일한 온천이라고 말한다.

2월 15일 길은 5베르스타(약 5.3㎞) 정도 똑같은 계곡을 따라 나 있다가 뒤이어 경사가 완만한 산을 가로지르는 오르막 둘, 내리막 둘로 이어지더니 '명천'시까지 이어지는 다른 계곡을 따라 나 있다. 이곳의 주민 수는 적으며 토양은 돌이 많다. '명천'52)시는 크지 않으며 높이 약 1사젠(약 2.1m)의 성벽으로 에워싸여 있고 2개의 성문이 있다. 요새 안에는 빈 집이 많아서 전반적으로 이곳은 폐허 같은 느낌이 든다. 성벽 자체도 허물어져 있다. 명천에는 부사가 살고 있으나 나는 그에게 들르지 않았다. 도시 주변에 조선인들이 많이 살고 있다. 옥양목과 셔츠감의 가격은 아르신(71cm)당 33~40푼이다. 쌀 1되-서울식으로는 3되가 된다-는 190푼이다. 가축의 가격은 길주에서와 동일하다. 명천에 다다르기 전 10베르스타(약 10.6㎞) 지점에 한 촌락이 있는데 그 안에 시장 비슷한 게 있었다. 다른 물품으로 교환하기 위해 모아놓은 가축들이 많았다. 이곳 가축의 대부분은 러시아 국경을 통과하여 팔려나간다. 상품은 전부 블라디보스토크에서 바다를 건너오거나

---

51) 역주) 지리적 위치상 길주온천이거나 온수평온천일 가능성이 높다.
52) 러시아의 40베르스타 축적지도(약 1:43,000)에서는 Mien-chen이다.

경흥을 통해서, 그리고 원산에서 거룻배를 타고 들여온 것들이다. 숲은 없다. 눈이 쌓여 있지 않다. 돌이 많은 토양이며, 산은 경사가 완만하다. 조선인의 부탁을 받아 까마귀를 잡았다.

2월 16일 오전 10시에 출발했다. 경사가 심하지 않은 비탈진 산을 따라 40베르스타(약 42.4㎞)의 길이 나 있었다. 이 길은 조그만 개울 몇 개를 관통하기도 하더니 경사가 험한 오르막길이 되어 거의 1베르스타(약 1.06㎞) 가서야 산의 반대편으로 난 경사진 내리막으로 이어졌다. 이런 길에서라면 무거운 짐을 수소나 암소에 싣고 가는 일은 상상도 할 수 없다. 짐을 손에 들고 힘겹게 옮길 수밖에 없다. 산은 모조리 경작지로 파헤쳐졌다. 130베르스타(약 138㎞) 떨어진 경성시에서 '부감사'가 보낸 경찰 2명과 경비병 1명을 이곳에서 만났다. 부감사는 그들에게 외국인이 어찌 오고 있는지를 알아볼 것과 시내까지 길을 안내해 줄 것을 지시했다. 여기서 경성까지는 115베르스타(약 122㎞)이다. 이곳의 숙소에는 귀리가 있다. 귀리 1되-서울식으로는 3되가 된다-는 25푼이며 쌀 1되는 210푼, 수수 1되는 150푼이다. 밀은 없다. 강은 얼음이 다 풀렸고 눈도 없다.

2월 17일 길은 고지대의 계곡을 따라 나 있었고 그 사이 조그만 고개들이 많았다. 가는 길에 능에 5마리와 꿩 3마리를 보았고 꿩 3마리 중 1마리는 잡았고, 비둘기도 1마리 잡았다. 우리가 식사를 하기 위해 잠시 머물렀던 촌락에서는 경찰의 눈앞에서 과거에 보초로 일했던 자가 도끼를 훔치는 잘못을 저질렀다. 내 짐꾼 박 서방이 사기꾼임이 밝혀졌다. 여행 내내 현지인들에게 나를 보여준 대가로 그들로부터 돈을 받아서 모았던 것이다. 이 때문에 우리는 안 그래도 되는 곳에서 몇 번이나 더 머물렀다. 예를 들어, 오늘 나는 그에게 빨리 가자고 지시했으나 그는 더 간다 해도 역참이 없다는 핑계를 대며 이곳에서 하룻밤을 묵어가자고 설득했던 것이다. 나는 짐꾼이 뒤따라올 거란 기대는 아예 하지 않고 혼자서 갈 길을 나섰는데, 이것이 그를 움직이게 한 계기가 되었다. 그런데 이때 박 서방은 내 자루에서 1,000푼을 꺼내더니 그 돈을 자기 자루에 넣었다. 오늘은 65베르스타(약 69km)를 걸었다. 도중에 산 정상에서 바다를 3번 보았다. 바다는 여기서 10베르스타(약 10.6km) 거리에 있다. 크고 작은 만들은 눈에 띄지 않는다. 유각가축은 5,000~8,000푼에 판매된다. 가축은 제법 크다. 보리 1되-서울식으로는 3되가 된다-는 27푼이다. 숲은 없다. 이 주변의 인구는 꽤 조밀한 편으로, 골짜기에 살고 있다. 그런데 이 집들은 골짜기에 바짝 다가가야만 보일 것이다.

2월 18일 길은 경사가 심하지 않은 비탈진 산을 따라 나 있었다. 작은 고개와 좁다란 개울을 많이 만났다. 날씨는 최상이다. 가는 길에 감사와 부사에게 선물했었던 것과 같은 오리를 6마리 잡았다. 장교와 경찰이 내게 길 안내를 해주었다. 오후 7시에 나는 '경성'53)에 도착했다. 경성시는 북청과 마찬가지로 규모가 크며 해안에서 5베르스타(약 5.3km) 떨어진 지점에 있는 강 하구, 바다에서 밀려온 파도가 철썩이는 작은 강기슭에 자리잡고 있다. 도시와 그 주변으로 거주지가 조밀하게 조성되어 있다. 계곡을 따라 위로 약 30베르스타(약 32km) 간 곳에 가옥 난방을 위해 개발된 석탄갱이 있다. 석탄은 러시아의 수이푼 강54) 하구와 표도로프 시의 갱도에 있는 것과 똑같다. 해안에 갑이 없어 망망대해와 같다. 그런데도 이곳에서 블라디보스토크로 거룻배가 다니는데, 날씨만 좋으면 3~4일이면 갈 수 있다. 이곳의 가축은 마리당 8~12

---

53) 러시아의 40베르스타 축적지도(약 1:43,000)에서는 Keng-seng이다.
54) 역주) 블라디보스토크에서 110여 km 떨어진 우수리스크 시내를 가로지르는 강으로, 현재는 라즈돌노예 강으로 불린다.

푸드(약 131~197kg)의 살코기가 나오는 것이 6,000~8,000푼이다. 쌀 1되-서울식으로는 $3\frac{1}{2}$ 되가 된다-는 250푼이다. 귀리와 보리가 약간 있는데 이 두 곡물의 가격은 2월 16일에 묵었던 숙소에서와 마찬가지로 1되에 25푼이다. 면포와 캘리코는 아르신당 33~40푼이다. 이곳의 아르신은 러시아식으로 환산하면 $\frac{3}{4}$ 아르신(약 53cm)이 된다. 도시의 상거래는 미미한 수준이다. 모든 물품은 블라디보스토크에서 오거나 더 정확히 말하면 여기서 550베르스타(약 583km) 떨어진 경흥을 통해서 들여온다. 주변에 숲은 없다.

　내 짐꾼 박 서방은 더 이상 가지 않겠다고 하면서 말먹이로 쓸 돈이 부족하다며 부감사에게 돈을 달라고 부탁하겠고 한다. 이곳 도시의 성벽은 서울에서처럼 높아서 밖에서 보면 약 3사젠(약 6.3m) 정도 된다. 성벽에는 4개의 성문이 있다. 함흥에서와 마찬가지로 이곳에도 북부 지방의 총책임자가 머물고 있다. 나는 부사가 있는 관청에 2번 갔었다. 이 자상한 노인은 내가 식사는 잘하는지, 그리고 건강은 어떠한지를 알아보기 위해 여러 번 자신의 하인을 보내왔다. 사실 내 왼쪽 다리는 부어 있었지만 내일도 가야만 한다. 현지인들이 많이 모여 방문과 창의 종이를 찢어놓은 바람에 아침이 될 무렵에는 길에 나가 있는 것처럼 추웠다. 그러나 고맙게도 자상한 부사가 보내준 장교 둘이 교대로 계속 경비를 서주었고 경찰 2명은 현지인들을 내쫓았다. 그리고 박 서방에게는 앞으로 내가 원하는 대로 나를 안내해 줄 것을 지시했다. 그러나 나는 짐꾼이 도시를 벗어나기만 하면 또다시 내 말을 거부하거나, 아니면 말이 아프다고 할 거라고 알렸다. 그러자 부사는 어떤 것도 훔쳐가지 못하도록 물건을 지켜줄 뿐만 아니라 내가 편히 잘 수 있도록 주민들을 쫓아낼 경찰 2명을 내주었다.

　2월 20일 오전 11시에 출발했다. 길은 나지막한 고개들과 해안에서 적어도 10베르스타(약10.6km)는 되는 거리에 있는 '호툰고(khotungo)' 강⁵⁵⁾의 계곡을 따라 나 있었다. 그 다음에는 북서쪽을 향하여 조선 땅의 내부로 굽은 길이 나왔다. 강 하구의 작은 만은 깊었으나 북서풍으로 인해 은폐되어 있다. 그러나 남동풍이 불 때면 만은 완전히 개방된다. 만에는 거룻배가 여러 척 서 있다. 인구밀도가 무척 높다. 유각가축은 마리당 4,000~9,000푼이다. 대체로 이곳의 가축은 길주와 단천보다 비싼 편이다. 쌀 1되-서울식으로는 3되가 된다-는 280푼이며 수수 1되는 180푼이다. 면포는 $\frac{3}{4}$ 러시아 아르신(약 53cm)당 30~35푼에 판매된다. 35베르스타(약 37km)를 걸어서 간 촌락에 있는 숙소에 묵었다. 숲은 없고 토양은 점토질로 되어 있다.

2월 21일 오전 8시에 길을 나섰다. 동일한 계곡을 따라 갔지만 이곳의 계곡은 폭이 2베르스타(약 2.1km)가 안 되었으므로 훨씬 더 좁은 편이다. 군데군데 조그만 개울을 따라 난 관목이 보였다. 몇몇 흔적들로 판단해 볼 때 계곡이 깊은 물에 침수된 거라는 추측이 가능하다. 총 65베르스타(약 69km)를 가서 깊은 골짜기에 자리잡은, 돌로 쌓은 성벽으로 에워싸인 '부령'⁵⁶⁾시의 숙소에 묵었다. 성벽의 높이는 약 1사젠(약 2.1m)이며 그 안에는 성문이 3개 있다. 성벽과 도시 자체가 폐허와 같은 모습이다.

도시는 아주 조그마하며 주민은 고작 2,000명이다. 여기에 부사가 살고 있으며 그의 관할 구역은 반경 400베르스타(약 424km)에 이른다. 이곳에는 쌀은 없고 수수만 있다. 나는 부사에게 쌀을 부탁해야만 했는데 부사란 이는 65세 정도 되는 노인이다. 도중에 내가 잡은 꿩을 그에게 선물했는데 부사는 선물을 받고 무척 기뻐했다. 부사는

---

55) 역주) 지리적 위치상 수성천에 가깝다.
56) 러시아의 40베르스타 축적지도(약 1:43,000)에서는 Pu-reng이다.

나에게 닭과 돼지고기, 달걀, 쌀밥과 다진 고기로 잘 대접해 주었다. 그 밖에도 비축용 닭을 한 마리 더 내주었다. 여기 깊은 골짜기에는 금이 많지만 정련하지 않는다. 왜냐하면 단천 이상의 북부 지역에서 조선인들에 의한 금 세광작업을 서울에서 금하고 있기 때문이다. 바다에서 100베르스타(약 106㎞) 떨어진 곳, 계곡을 따라 위로 올라가면 석탄갱이 있으나 질은 좋지 않다. 가축의 가격은 원산에서와 마찬가지이며 면포는 아르신(71cm)당 30~35푼이다. 수수 1되－서울식으로는 3되가 된다－에 160푼이다. 주변의 산은 민둥산이며 계곡에는 온통 돌이다. 경작지 아래의 돌을 제거하면 더 좋은 땅이 나온다는 것을 알지 못하므로 경작지에도 돌 더미가 쌓여 있는 것이다. 도중에 한 촌락에서 26살 된 조선 남자를 볼 수 있었는데 머리카락과 눈썹, 콧수염은 밝은 아마(亞麻)빛이며 주근깨가 낀 얼굴은 희고 눈은 사시였다. 사람들이 소년의 희귀한 모습을 내게 보여주었던 것이다. 그의 부모는 검은 머리를 가진 평범한 조선인이다. 이원시에서부터 조선인들 사이에서 머리를 삭발한 승려를 만나기 시작했다. 신관(神官)은 머리에 테 없는 둥근 모자나 반원 모양의 검정색 갈대 모자를 쓰고 있으며 누군가의 장례식 때에는 노란 짚모자를 쓴다. 여기서도 나는 승려를 만났는데 그의 머리는 길어 어깨까지 내려와 있었으며 그가 쓴 테 없는 모자는 모양이 조금 달랐다.

2월 22일 오전 8시에 숙소를 나섰다. 저녁때까지 계속 같은 계곡을 따라 걷다가 험준한 산맥을 넘은 뒤 정상에서 하룻밤 묵기 위해 머물렀다. 전부 다 해서 40베르스타(약 42.4㎞)를 걸었다. 계곡의 토양은 척박했지만 고개까지는 관목과 풀이 많았으며 또한 버려진 경작지도 많았다. 꿩 5마리를 잡아서 그중 2마리는 조선인들에게 주고 3마리는 여기서 80베르스타(약 85㎞) 거리에 있는 회령에서 선물로

쓰기 위해 남겨두었다. 인가는 아주 드물어서 5~6베르스타(약 5.8
㎞)를 가야 볼 수 있었다.

2월 23일 '포을천(Bokachio)'의 정점에서 아래로 내려왔다. 그
길을 따라 60베르스타(약 64㎞)를 걸어 숙소에 묵었다. 마을은 아주
드물다. 산은 민둥산이며 토양은 모래가 많고 군데군데 개울을 따라
드문 수종의 관목을 만날 수 있었으나 물론 조선인들은 이것도 베어
간다. 여기서부터 바다까지의 거리는 150베르스타(약 159㎞)이다.
날씨는 아주 따뜻하지만 강은 아직도 얼어 있어 물이 얼음 위로 흐른
다. 시내까지는 20베르스타(약 21㎞) 남았다. 가축은 없고 수수는
서울식으로 3되가 150푼에 판매된다. 쌀은 없다. 밤에 강한 남풍이
불면서 가랑비가 내렸다. '회령'57)시는 '두만강'58) 상류 지역에 자리잡
고 있다. 거기서 '경흥'까지는 170베르스타(약 180㎞)이다. 츄프로프
라는 성을 가진 조선인을 만났다. 그의 이름은 표트르이며 조선식 이
름은 '김두수'59)이다. 츄프로프는 경흥에 살지만 주로 노보키예프스크
근처의 러시아 영토 내 조선인촌인 얀치혜[煙秋]60)에 머문다. 츄프로
프는 2년 반 동안 남우수리 지역 러시아 국경 책임자 마튜닌의 통역
으로 일했으므로 러시아어를 아주 잘 하며, 러시아어와 조선어로 읽

---

57) 역주) 저자는 2월 23일, 24일자 일기에서 회령을 'Khordyan'과 'Khoryan'
   을 뒤섞어 표기해 두었는데 이는 저자의 오기(誤記)인 듯하다.
58) 역주) 두만강은 고려강·통문강(統們江)·도문강(圖們江) 등 여러 이름으
   로 불렸는데 저자 역시 토몬고(Tomongo), 투멘−울라(Tumen-ula),
   투몬고(Tumongo) 등으로 표기하고 있다. 그러나 본문에서는 두만강
   으로 통일하였다.
59) 역주) 원문에는 'Kim-tu-shei'으로 표기되어 있는데 정확한 인명인지 확
   인할 수 없었다.
60) 역주) 이 책의 두 번째 여행기 N. M. 프르제발스키의 〈조선인〉편 각주
   (1)과 (2)를 참조.

고 쓸 줄 알 뿐만 아니라 중국어도 잘 한다. 츄프로프는 서울에서 러시아 공사 베베르의 통역관이 되기를 희망하고 있다. 조선 관리들은 츄프로프를 지지하고 있는데 그중에서도 특히 츄프로프와 8년째 알고 지내는 부사 '서현순'[61]과 세금징수원 '박한두'[62]가 그러하다. 이 세금징수원은 회령시로 들어온 물건과 이곳에서 나가는 전 품목에 관세 명목으로 상품 가격의 5%를 징수한다.[63] 중군은 사수(射手)를 관리하며 두만강을 따라 그 아래쪽에 위치한 '고령' 요새에 살고 있다.

2월 23일 생선이 없다. 주위의 가난은 끔찍하다. 회령시에는 만즈이[64]가 산다고 한다. 사고파는 품목이 뭔지 알아보는 일은 재미있다. 길주에서부터 지금까지 전부 모랫길이다.

2월 24일 20베르스타(약 21km)를 걸었다. 길은 똑같은 계곡을 따라 나 있었다. 주변 풍경도 똑같다. 밤에는 가랑비가 내렸다. 날씨는 아주 좋다. 길주에서부터 계속해서 잠잠하고 따뜻하다. 회령에는 부사 서현순이 살고 있으며 그의 나이는 53세이다. 이곳에 오기 3년 전에 그는 경흥 부사로 있었다. 부사는 나를 쾌적한 거처로 데려가 좋은 음식을 대접해 주었는데 그것은 삶은 닭, 달걀, 쌀밥, 얇게 저민 돼지고기이다. 물론 모든 음식은 소량이었고, 각종 양념이 가미된 것이었으며 조선식 샐러드로 소금에 절인 무와 고추가 들어간 발효된 샐러드, 간장, 그리고 또 무엇인가 더 있었으나 냄새가 하도 고약해

---

61) 역주) 원문에는 'sheo-khin-shun' 혹은 'sheo-khen-shun'으로 표기되어 있는데 정확한 인명인지 확인할 수 없었다.
62) 역주) 원문에는 'Pkhan-khan-dju'로 표기되어 있는데 정확한 인명인지 확인할 수 없었다.
63) 역주) 1888년 8월 8일 서울에서 조인, 1888년 11월 23일 러시아황제가 비준한 〈조선·러시아 육로통상규칙〉 제5조 3항에 명시되어 있다. 조약을 체결하기 이전부터 이와 같은 관세율이 적용되었던 것으로 보인다.
64) 역주) 우수리 지역에 사는 만주와 몽고 계통의 중국인을 일컫는다.

서 감히 맛볼 엄두를 내지 못했다. 부사는 전에 마튜닌의 통역으로 일했던 사람을 보내어 내가 어디서 왔으며 어디로 가고 있는지를 물어보았고, 그 후 한 번 더 내게 통역을 보내어 그에게로 와 줄 것을 청했다. 부사는 보건대 좋은 사람이 확실하다. 그는 서울에서 무슨 일이 일어나고 있는지, 그곳에는 러시아인들이 많은지, 그리고 러시아인이 이미 조선과 조약을 체결했는지 등등에 관해 캐물었다. 부사는 이곳에 사는 사람들은 아무 것도 모른다고 알려주면서, 그렇지만 서울에 러시아인들이 있다는 말은 들었다고 했다. 그는 러시아 국경 책임자 마튜닌을 안다고도 말했다. 나에게 차와 중국 파이를 대접했다. 차 맛은 역겨웠다. 내가 그에게 꿩 2마리를 선물하자 부사는 매우 기뻐했는데 이곳에는 꿩이 드문데다가 아직 팔지도 않기 때문이다. 부사는 내게 조선 잎담배를 선물했고 그 다음 날에는 달걀 50개를 보내주었다. 나는 달걀을 조선인들에게 나누어 주었는데 짐에 실어 가져가면 모두 깨질 게 뻔하지만 그렇다고 해서 또 선물을 거절할 수는 없는 일이었기 때문이다. 그 밖에도 부사는 내게 경찰을 보내주었고 그들은 몽둥이로 길과 뜰을 가득 메운 호사가들을 내쫓아 주어야만 했다.

나는 도시를 둘러보고 나서 교역장을 유심히 살펴보았다. 내가 관심 있게 본 것은 중국인들이 무엇을 사는지, 그리고 무엇을 파는지였다. 비록 다른 도시들보다는 규모가 있지만 대체로 교역은 미미한 편이다. 회령시는 회령천(Tupongo)이 두만강으로 흘러 들어가는 곳에 위치하고 있다. 두만강 상류는 회령에서 150베르스타(약 159㎞) 떨어진 거리에 있다. 회령천이 두만강으로 흘러 들어가고 나면 폭은 넓어지나 수심은 얕다. 이 강은 회령에서는 북쪽으로 곧게 흐른다. 물이 흐르는 방향을 따라 아래쪽으로 25베르스타(약 27㎞) 떨어진 곳에는 '고령'시가, 70베르스타(약 74㎞) 떨어진 곳에는 '청진'시가, 90베르스타(약 95.4㎞) 떨어진 곳에는 '온성'시가, 120베르스타(약 127㎞) 떨어진 곳에는 '경흥포'시가 위치하고 있다. 이 중 가장 큰 도시는 청진시로, 900가호에 이른다. 회령에는 혼춘(琿春)에서 온 중국인 50여 명이 살고 있다. 그들은 거의가 다 술(중국 보드카)을 팔고 있는데 가격은 한 병당 60코페이카로, 대부분 그것을 가죽이나 해삼, 미역과 여우 가죽과 교환한다. 또한 중국인들은 재질이 떨어지는 중국 실크와 면포 염색약, 노끈과 면직물을 판매한다. 그러나 이들 물품의 수량은 매우 적으며, 가장 많이 팔리는 것은 술이다. 나는 수입품과 수출품의 가격에서 5%를 징수하며 이곳에서 살고 있는 세관관리의 집에 가본 적이 있다. 물론 조선의 국고는 이 징수금의 절반도 받지 못한다. 그 사정은 다음과 같다. 관세는 다른 도시에서도 납입할 수 있으나 가장 가까운 관청에서 관세가 미납되었다는 것을 증명하는 확인서를 받거나 기납입된 관세 영수증을 받아야 한다. 만일 관세를 납입하지 않은 채 짐이 수송되면 세관 관리는 짐에 도장을 찍고 나서 상품은 어떤 것인지, 가격은 얼마인지를 적은 증명서를 내준다. 그러나 상인들은 언제나 부사와 친밀한 관계를 유지하고자 하며, 그리고 보다 더 확실하게 세관 관리와 친밀한 관계를 유지하며 상품의 양에 준하여 그들에게 선물을 줌으로써 1,000달러의 관세를 내는 대신에 상품 가격에 대한 400달러짜리 확인서를 받게 된다. 이곳의 세관 관리는 부사보다도 더 잘 살며 일본과 상해에도 가본 데다 영어도 몇 마디는 할 줄 안다. 그는 서울에서 왔다. 대체로 중요한 책임자들은 모두 서울에서 임명한 자들로, 정해진 임기가 있다. 지방 출신은 임명을 받을 수가 없는데, 그들이 부르는 대로 '관(官)'을 받을 수 없다. 원산에서부터 여기까지 오면서 조선에서는 처음으로 이곳 세관의 집에서 테이블과 의자를 보았다. 그는 내게 홍차와 러시아 캔디를 대접하였고 헤어질 때에는 내게 돌로 만든 담뱃갑을 선물했다. 나는 그에게 꿩을 1마리 주었다. 도시는 높이가 2사젠(약 4.2m)에 이르며 대문이 3개 있는, 돌로 쌓은 성벽으로 에워싸여 있다. 시내에는 약 2,000가호가 있다. 부사가 살고 있는 곳의 도로 하나만 꽤 넓을 뿐 나머지 도로는 그 폭이 $1\frac{1}{2}$ 사젠 (약 3.2m)이다. 길가는 무척이나 지저분하다. 면포 $\frac{3}{4}$ 아르신(약 53cm)에 25~30푼이다. 이 부근에서는 쌀을 거의 먹지 않는 대신 수수를 훨씬 더 많이 먹는데 서울식으로 $3\frac{1}{2}$ 말에 120푼이다. 행영에서 중국 도시 훈춘까지는 약 200베르스타(약 212km) 정도의 거리로, 마차를 타고 가면 3일이 걸린다.

2월 25일 회령에서 오전 10시에 출발해서 가장 가까운 길을 따라 북동쪽을 향해 '경흥포'로 갔다. 주위는 온통 산이지만 경사가 완만한 비탈로 이루어졌으며 길은 대부분 능선의 봉우리를 따라 나 있다. 협곡 3곳을 횡단하여 건넜는데 그 밑으로는 북동쪽으로 흘러가 회령천 강으로 합류되는 조그만 개울이 흐르고 있었다. 50베르스타(약 59km)를 가서 저녁 무렵에 '행영'시에 도착했다. 행영은 조그만 개울가 옆 산등성이의 경사면에 자리하고 있고 높이가 약 2사젠(약 4.2m)가량 되는 돌로 쌓은 성벽으로 둘러싸여 있다. 그 안에는 돌과 벽돌로 쌓은 벽이 약 $1\frac{1}{2}$ 아르신(107cm) 정도이며 대문 3개와 포문(砲門)이 달린 5개의 탑을 가진 토루(土壘)가 있다. 시내에는 약 1,000여 가호가 있다. 조선인들만이 배타적으로 장사를 하고 있다. 면포는 아르신(71cm)당 25~38푼이다. 수수는 1되에 120푼이다. 쌀은 재배하지 않는 대신 들여온 것이라 가격이 비싸다. 쌀은 높은 관직에 있는 사람들이나 몇몇 관리들만이 살 수 있다. 가축은 이전에 지나쳤던 곳들에 비해 조금 비싼 편이다. 오늘은 강하고 매서운 북서풍이 분다.

2월 26일 오전 8시에 출발했다. 강한 북서풍이 계속 불고 있다. 길은 동쪽으로 뻗어 있었다. 능선을 따라 오르막이 두 곳이었으나 험하지는 않았다. 조그만 골짜기 두 곳을 횡단했는데 그중 하나는 깊지 않아서 폭이 약 30보 정도였고 강은 북으로 흘러 두만강으로 합류한다. 강하고 매서운 바람 덕에 오늘은 박 서방이 더 이상 가지 않겠다고 말했다. 40베르스타(약 42.4㎞)를 가서 머물렀다. 촌락은 거의 없었으며 깊은 골짜기를 따라 드문드문 나 있었을 뿐이다.

2월 27일 오전 7시에 출발했다. 길은 동쪽으로 깊은 골짜기를 따라 나 있었다. 10베르스타(약 10.6㎞)를 가니 산으로 난 오르막이 나왔는데 이 부근에서 제일 높은 것 같았다. 오르막길은 1베르스타(약 1.06㎞)였는데, 오르기가 쉬워 마차들이 자연스럽게 이동한다. 내리막길도 역시 험하지 않다. 산에서 내려오니 길은 작은 골짜기를 따라 북동쪽으로 나 있었다. 날씨는 잠잠하고 따뜻하다. 오늘은 어제보다 밀집된 촌락을 더 자주 보게 된다. 쌀은 없지만 그렇다고 수수를 먹지는 못하겠다. 기뻤던 건, 행영에서 꿀 반병을 200푼에 구할 수 있었다는 것이다. 이 꿀과 함께 수수를 조금 먹고 나서 홍차를 마셨다. 마지막 남은 설탕을 나누어 주었다. 회령의 수수 가격은 행영에서와 같다. 그렇지만 현재 가축은 거의 없으며, 조선인들은 가축들을 경작지로 끌어내어 농사에 사용한다. 길주에서도 예전에 이와 같은 방식으로 작업했었다. 나는 오늘 40베르스타(약 42.4㎞)를 걸었고, 3시에 박 서방은 말을 쉬게 하기 위해, 그리고 자신의 옷을 수선하기 위해 머물렀다.

2월 28일 오전 7시에 출발했다. 길은 똑같은 골짜기를 따라 북동쪽으로 나 있었으며 20베르스타(약 21㎞)를 가서는 동쪽으로 휘더니 산맥과 조그만 능선 너머로 이어져, 북동쪽으로 흘러 경흥에 미처 못가 10베르스타(약10.6㎞) 떨어진 지점에서 두만강으로 합류되는 작은 개울 쪽으로 나 있었다. 여기서 경흥까지는 20베르스타(약 21㎞) 남았다. 곧이어 길은 두만강 쪽으로 이어지다가 경흥 고개 근처에서 동쪽으로 휘어졌다. 10베르스타(약 10.6㎞)를 더 가니 길은 남동쪽으로 급경사를 이루며 휘어졌다. 경흥의 고갯길과 내리막길은 아주 크지는 않았다. 경흥에는 오후 6시에 도착했고 같은 날 저녁에 두만강을 건너 러시아 영토로 들어갔으며 거기서 10베르스타(약 10.6㎞)를 더 가서 러시아 영내에 있는 조선인촌의 숙소에 묵었다. '경흥'은 오래되어 완전히 퇴락한 도시로, 지저분하기가 그지없다. 요새의 성벽은 허물어져 있다. 관청 건물 또한 한쪽으로 기울어져 있으며, 도시를 다른 곳으로 옮길 때만을 기다리고 있다. 얼마 안 있어 경흥은 두만강 아래 다른 장소로 옮겨갈 것이란 소문이 돌고 있다. 두만강은 수심이 깊다. 그 한가운데는 수심이 1사젠(약 2.1m)에 이른다고들 말한다. 커다란 조선 거룻배가 이 강을 따라 '경원(Keoval)'시까지 다닌다. 하천의 폭은 320보이며 강물이 불을 때면 강의 수위가 높아지는 게 확실하다. 그러나 강기슭이 침수되지는 않는다.

2월 29일 두만강에서 40베르스타(약 42.4㎞) 또는 조선식으로 하면 80리 떨어진 곳에 위치한 얀치혜에 도착했다. 여행을 마치자 내 짐꾼의 짚신 12켤레와 실로 짠 신발 9켤레가 낡아 해졌다. 나는 회령까지 장화 1켤레와 조선산 실로 짠 신발 2켤레로 충분했다. 얀치혜에서 박 서방과의 계산을 마치고 나서 그에게 선물로 무명 2폭과 잡동사니들을 주었다. 그는 곧바로 오던 길로 되돌아갔다.

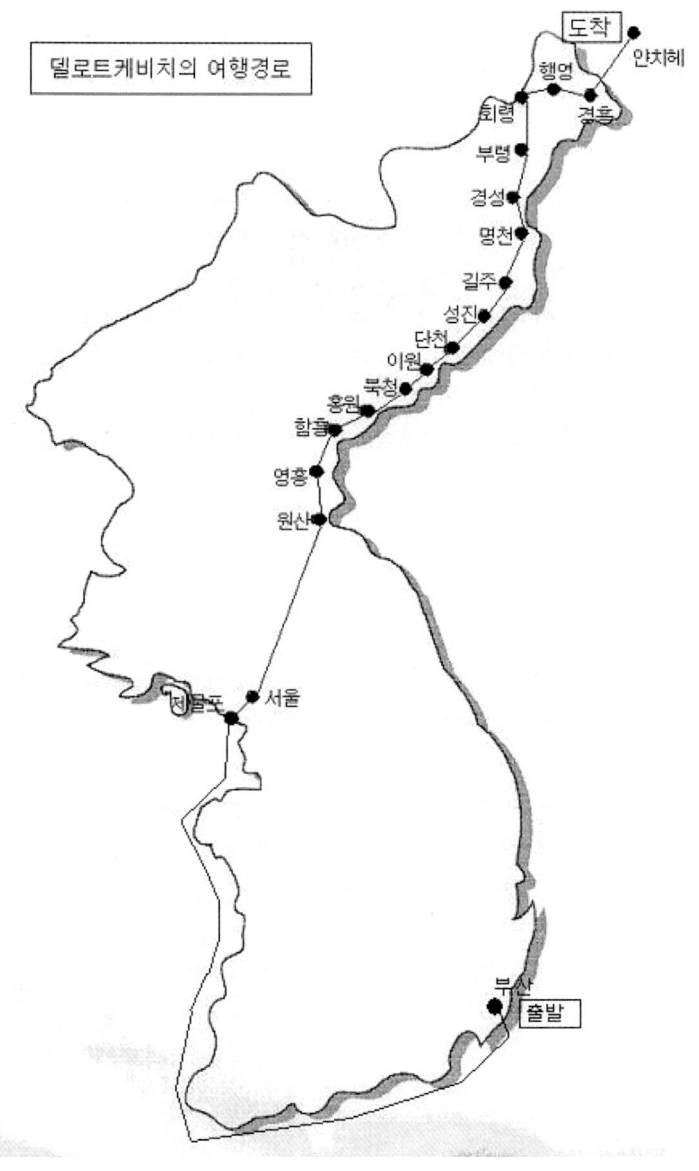

델로트케비치의 여행경로

도착
안치혜
행영
회령
경흥
부령
경성
명천
길주
성진
단천
이원
북청
홍원
함흥
영흥
원산
제물포
서울
부산
출발

찾아보기

• 역 자: 심 지 은

연세대학교 노어노문학과 졸업하고 서울대학교 노어노문학과 대학원에서 석사, 박사과정을 수료한 뒤 러시아학술원 산하 러시아문학연구소(푸슈킨스키 돔)에서 박사학위를 받았다. 현재 대학에 출강하고 있다.

러시아인, 조선을 거닐다

• 초판 인쇄	2006년 7월 3일
• 초판 발행	2006년 7월 3일
• 지 은 이	I. A. 곤차로프 외 2인
• 옮 긴 이	심지은
• 펴 낸 이	채종준
• 펴 낸 곳	한국학술정보(주)
	경기도 파주시 교하읍 문발리 526-2
	파주출판문화정보산업단지
	전화 031) 908-3181(대표) · 팩스 031) 908-3189
	홈페이지 http://www.kstudy.com
	e-mail(출판사업부) publish@kstudy.com
• 등 록	제일산-115호(2000. 6. 19)
• 가 격	11,000원

ISBN   89-534-5424-7 93890 (Paper Book)
        89-534-5425-5 98890 (e-Book)